転生したら、
子どもに厳しい
世界でした 1
梨香 Rika イラスト: 朝日アオ

登場人物紹介
ジミー
サリー
ミク

アリエル
オリヴィエ
キンダー
ルミ

春になり、私は二歳と四ヶ月になった。

目次

第一章　転生したら、子どもに厳しい世界でした

ああ、私は死んだ筈《はず》なのに……赤ちゃんとして第二の人生をもらえたの？

病院の無機質な白い天井じゃなくて、木の天井だ。それに見知らぬ綺麗《きれい》な女の人に抱っこされている。赤ちゃんに生まれ変わったのかな。

前世の私の記憶が残っているから、病気で死んだのも知っている。

生まれた時から心臓に欠陥がある私を、パパとママは一日でも長く生かそうと全力で護《まも》り、愛してくれた。手術と病院での日々、退院しても熱が出たら即再入院だったんだ。

体調の良い時期は、家で本をいっぱい読んだ。体調を崩したら外で遊ぶのは無理だけど、テレビの旅番組で世界各地の景色を見て過ごした。

それと、パパが誕生日のプレゼントで買ってくれたタブレット！　これ、凄《すご》く便利だったんだ。ベッドの上でも色々な番組が見られるし、本やマンガもいつでも読めたからね。

料理番組や園芸番組もよく見たけど、体調を崩した時は、綺麗な風景をぼぉっと見ていることが多かった。

「いつか、こんな所に行ってみたいな」

ママが「そうね！」と言ってくれたけど、行くことは叶《かな》わなかった。

身体《からだ》が成長するにつれて、私のポンコツ心臓は全身に血を送ることができなくなった。

小学校には少ししか通えなかった。ママが車椅子を押して、付き添ってくれたんだ。

文字や計算は家でパパとママに習ったよ。それに病院の教室でもね。私が入院していた病院には、長期入院の子どもの勉強を補助する院内学級があったんだ。具合の悪い時は行けないけど、地元の小学校にほとんど通えなかった私にとって、唯一同じ年頃の子どもと学べる場所だった。

でも、もう無理なのは私も分かっていた。

「ごめんね、未来《ミク》ちゃん！　元気な身体に産んであげられなくて」

ママ、パパ、愛してくれてありがとう……今度、生まれ変わるなら丈夫に生まれたいな……。

パパも仕事と私の看護で疲れ切っていた。二人で旅行にでも行ってね！

ほんの十二歳までしか生きられなかったけど、私はそれに満足していた。

そのつもりだったけど、やはり心の中では「思いっきり走りたい！」「ママと料理をしたい！」「美味《おい》しい物を食べたい！」「大人になって働いて、パパとママにプレゼントをあげたい！」「旅行に行きたい！」「お友達が欲しい！」と、色々とやりたいことを心の中に溜《た》めていたみたい。


だから、記憶があるまま転生したのかな？　きょろきょろと周囲を見回してみた。木の家の中みたいなのは抱っこされたままでも分かったよ。

それにしても目がはっきりと見える。赤ちゃんってぼんやりとした視力しかないんじゃなかったかな？　読んだ本にそう書いてあった。ライトノベルが好きでよく読んでたんだ。赤ちゃんに転生して、目がぼんやりとしか見えないって。

新しいママとパパは外国の人みたい。けれど、あまり裕福ではなさそう。

『もしかして、異世界なのかも？』

そう思ったのは、パパの髪の毛が緑色だったから。パンクが好きで髪を染めているとは思えないんだもん。

服は粗い毛織物で、家の壁には弓や剣、斧《おの》などが掛けてある。

ママは金髪で十六歳ぐらいにしか見えない美少女だ。パパもどう見ても十代だよ！　二人とも綺麗な緑色の目をしている。

ヤンママも良いけど、前の落ち着いた優しいママを思い出して泣いちゃった。

「お腹《なか》が空《す》いたのね！」

立派なおっぱい、いただきます！

お腹いっぱい母乳をもらったら、眠たくなってきた。


起きたら、次の日だった。

夜泣きをしない赤ちゃんに転生したのかな？　前のママとパパには苦労を掛けたから、手の掛からない子になったのは良かったよ。

「もう、お粥《かゆ》でも大丈夫かしら？」

ママ！　私は生まれたばかりだから、それは無理だよ！

「まぁ、無理ならおっぱいをやればいい」

ちょっとパパ、無茶《むちゃ》言わないで！

ああ、私はせっかく二回目のチャンスをもらったのに二日目で死にそう！　短い人生だったよ。

「ほら、潰してあるから食べられるでしょう？」

小さな木の匙《さじ》にドロドロのお粥。無理じゃん！

もぐもぐ……あれ？　美味しい！　無理じゃない？　何故《なぜ》？

「うん、ちゃんと食べられるな。なら、そろそろ歩く練習をさせなきゃ！」

パパ、無茶だよ！

ベビーベッドから抱き上げられ、脇の下を持って床に足をつけられる。

「ほら、歩くんだよ」

ママは心配そうにこちらを見ている。

「歩けないと、魔物から逃げられないわ」

えええ、魔物がいる世界なの？　その時はママが抱いて逃げてほしい。

「そうだなぁ、俺とママが狩りをしている間、木の上に登れないと一瞬で食べられてしまう。さぁ、ミク、歩くんだよ！」

両親から真剣に言われた。歩く仕草を覚えさせようとしているのか、ママは足を交互に出している。

ああ、これはテレビで見たサバンナの草食動物と同じだ。生まれてすぐに歩かないと、肉食動物に食べられてしまうのだ。

私は、自分の前世の常識を手放さないと、この厳しい世界では生きていけないみたい。

よちよち、よちよち、頑張って歩く。

「おお、これなら明日からワンナ婆《ばあ》さんに見てもらえるな！　俺達は狩りに行くぞ！」

えええ、保育所か何かですか？　二人はいそいそと狩りの支度をする。

オムツは二日目で卒業した。部屋の隅のオマルでするのだ。夜はベッドを濡《ぬ》らしたら困ると言われて、オムツをはかされたけどね。


転生して三日目、初めての外だ。

家は一部屋しかないし、そこにベッドとテーブル、椅子、食器棚、暖炉があるだけだ。

窓にガラスはなく、今は寒い季節なので木の蓋がしてある。だから薄暗い。蠟燭《ろうそく》はあるけど、基本的に暖炉の火が灯《あか》りだね。

「寒いから、これでくるんでいきましょう」

ママが毛皮で私を包んでくれた。ふかふか、なかなか気持ちいい。

外は、眩《まぶ》しかった！　雪で真っ白！

「あっちがワンナ婆さんの家だ」

パパが私に教える。えっ、もしかして自分で行くの？

「今日は連れて行くけど、明日からはミクだけで行くのよ。ここは村の中だから魔物は出ないわ」

ママもスパルタだよ。なら、真剣に覚えなきゃ！　雪の中で迷うなんて嫌だからね。

ワンナ婆さんの家も小さな小屋だった。

「おお、ワンナ婆さん、この子はミクだ！　よろしく頼むな！」

「私達は狩りに出掛けますので、この子をお願いいたします」

白髪混じりの青い髪を三つ編みにしているワンナ婆さんは、ママから私を受け取った。

「ああ、しっかり稼いできな！　預かり賃は後払いでいいよ。この数日は狩りに行けなかっただろうから」

「それは助かる！」とパパが喜んでいる。

二人は、バタンと扉を閉めて去っちゃった。

「お前さんはミクか。良い名前だね。私はワンナ。年を取って狩りには行けなくなったから、赤ちゃん達のお守《も》りをしているのさ。皆と仲良くしな！」

かなり大きな金髪の男の子が私を呼んでいる。きっと、ここのボスだね。

「おい、こっちにこい！」

前世では、小学校もほんの数日しか通っていなかったのに、生まれて三日目でいじめっ子と遭遇か！　厳しいな。

「俺はマック！　ほら、新入りは挨拶をしなきゃな！」

えっ、そこから？

「ミクでちゅ」

げっ、赤ちゃん言葉になったよ。というか、生後三日で話せるんだね！　びっくり！

「私はヨナよ。ミクは本当に赤ちゃんね。こちらにいらっしゃい」

可愛《かわい》い緑色の髪のヨナが世話をしてくれる。どう見ても子どもだけど、何歳なのかな？　私もよちよちの赤ちゃんだけど、普通なら寝ているだけな筈？

「私はサリー！　ミクが来てくれて嬉《うれ》しいわ。ヨナがいなくなったらジミーだけですもの」

サリーは赤い髪の可愛い幼児だけど、喋《しゃべ》りスキルが高いよ。

「ジミーだ」

青い髪のジミーは少し無愛想。サリーが二人っきりになるのを心配する筈だよ。

今のところ、全員が緑色の目だ。この村の人の特徴なのかな？

私の目は？　鏡がないから分からないけど、ママもパパも緑色だから同じかもね。

昼になると、暖炉の前で編み物をしていたワンナ婆さんがお粥を出してくれた。

私はヨナとサリーのお人形さんだよ。お粥もスプーンで食べさせてくれた。

「ミクは生まれて三日目なのね。まだ赤ちゃんだわ」

それは確かにその通りだけど、どう見てもサリーも幼児だよ。

「お姉ちゃん達はいくちゅなの？」

これ、重要！　先《ま》ずはヨナに質問してみる。

「ふふん、もうすぐ一歳になるのよ！　一歳になったら狩りに連れて行ってもらえるの」

ガァーン！　一歳！　七歳ぐらいだと思っていた。

八歳ぐらいに見えるマックも一歳になっていなかった。

口が重たいジミーはまだ生後十日だそうだ。私との付き合いは一年続きそう。

サリーは二ヶ月！　三歳ぐらいに見える。

つまり、ここの子ども達の成長はとても早い。もしかして寿命も短いのかも？　一瞬で大きくなって、すぐに死んじゃうなんて嫌だよ！

「ワンナ婆ちゃんは何ちゃい？」

ふふふと笑って「もう七十八歳だよ」と教えてくれた。まぁ、年相応だよね。安心した。

「ママとパパは何ちゃいなの？」

これ、重要！　結婚適齢期が三歳とかだと困るからね。

「キンダーは二十歳《はたち》だったかねぇ。ルミは十八歳だよ。あの子は、私が初めて預かった子だから覚えているよ」

少し、ホッとした。前世よりは結婚する年齢が若いけど、寿命は同じぐらいのようだからね。

要するに、赤ちゃんから幼児の間の成長が早いのだ。つまり、厳しい世界だってことみたい。

ほぼ一年で八歳から十歳程度の見た目に成長するなんて、凄すぎるよ。

ママとパパや、他の皆もそうだけど、耳が少しだけ尖《とが》っている。それに細身で色白な人が多い。

もしかして、私ってエルフに転生したのかな？

エルフって長生きで何百年も生きるイメージだったけど、ワンナ婆さんは年相応の見かけだね？

それと、ママとパパの名前も分かった。ルミとキンダー！　これ大事だよ。なのに、ママもパパも名乗るのを忘れていた。まぁ、赤ちゃんに名乗らないのが普通なのかもしれないけど、ここは普通じゃない世界だもんね。

せっかく第二の人生をもらったのだから、今度こそは長生きしたい！


約二ヶ月が経《た》った。

生まれてから、ほぼ毎日雪が降っているけど、今日は吹雪《ふぶ》いている。

パパは村長さんの家まで行って「今日の狩りは中止だ！」と聞いてきた。

ほんの少し歩いただけで、パパは雪だるまみたいになっていたよ。雪は扉の外でかなり落としてきたみたいだけど、入り口付近でマントを脱いで、外に向かって細かな雪を振り払ってから壁に打った釘《くぎ》に掛けていた。

「なら、ミクも家に居ましょう」

ワンナ婆さんに預ける代金を節約する為《ため》か、時には家族で過ごすのも良いと思ったのかな？

「薪《まき》は十分にあるし、肉もある。なら、何か作るか？」

パパは小屋の横の納屋から大きな木材を持ってきた。まるで転生前に見たアニメみたいに、輪切りにしてから、私用の新しいお碗《わん》を作っていく。

それを見ているだけでも楽しいけど、端材をもらって私もナイフで削る。生まれて二ヶ月でもナイフを持っているんだ。前世なら大問題になっちゃいそうだけど、ここでは当たり前みたい。

色々な木片があるけど、三角系のやつは積み木の屋根にしたら良いんじゃないかな。変形の四角の木片はナイフでちょこっと削って、長方形にする。何個か作ったら、積み木で遊べそう。

ママは納屋の整理中だ。肉を数えて、いつもよりは少し凝った煮込み料理を作るみたい。

前世では料理ができなかった私としては、気になる。ママと一緒に台所で料理をしてみたかったんだ。

積み木作りはいったんやめて、暖炉の側《そば》に行く。

鍋に肉を切って入れて、芋を大きく切って入れ、水で炊くみたい。

「ママ、私は芋の皮を剝《む》くのを手伝うわ」

芋は、じゃがいもとさつまいもの間みたいな形だ。

「薄く剝かないと、食べる分が少なくなるから気をつけてね」

ママは少し心配そうに、芋を一つ渡してくれた。

うん、生後二ヶ月の子どもに皮剝きは危険そうだけど、そちらではなく食べる量が減る心配だね。

こちらでは、子どもは早く自立する必要がある厳しい世界みたい。

テレビでよく見ていた料理番組のおかげか、スルスルと皮を薄く剝くことができた。あれ？　何だか手が自然と動く。変な感じだけど、まぁ、良いか？

「まぁ、ミクは料理が上手《うま》くなりそうね！」

はっきり言って、ママより上手く剝けたよ。

後は肉だけど、そちらはママが切る。

肉は大切な食糧だから、子どもには触らせないみたいだ。

いつもはお粥なのに、今日はパンを焼くみたい。それを捏《こ》ねるのは手伝わせてくれたよ。

「発酵させたら、ふっくらするのだけど……下手《へた》なのよ」

ママは狩りの方が得意みたい。

それに、発酵させるには酵母が必要だと思うよ。料理番組で見たからね。

焼き上がったのはパンというか、お焼きだけど、平たいパンもあるんだと思うことにする。

後は鍋を暖炉に掛けるだけだから、ママは裁縫を始めた。

家によっては布を織ったりもするし、ワンナ婆さんは一日中編み物をしている。それらは春に来る行商人に売ったり、村の人に売るのだ。

ママは、まぁ、裁縫もあまり上手くはない。

前世のママは私の看護の合間に編み物やパッチワークをしていた。だから、私も少しは裁縫と編み物ができる。元気な時にしか教えてもらえなかったけどね。

「ママ、私も縫うわ！」

革で袋を作っていく。大きな革は行商人に売るけど、これは小さいから革袋にするのだ。

「ミク、できるかしら？」

それと、私はぐんぐん大きくなるから、毎月服を縫い直している。布不足の原因だよ。

かなり大きめで、初めはだぶだぶだけど、すぐにぴったりになり、窮屈になるのだ。

「春の洗礼用の服を縫ったから、もう布はないの。本当は革より縫いやすいんだけどね」

ママは少し悲しそうな顔をする。

家は村の中でも貧乏な方かも？　それはパパとママが結婚したてで、若いからだ。サリーなんか三人目の子どもで、上のお兄さんとお姉さんは若者小屋に入っていて、時々、狩りで獲ってきた小物を実家にプレゼントしているみたい。

若者小屋は三歳から入る小屋だ。大人の指導のもとで集団生活をし、結婚する十五歳頃までの間に、村人としての社会性を養うのだそうだ。

それと、どの家も狭いから、ある程度大きくなったら若者小屋に行かないといけないらしい。一応、男女の部屋は別々で、台所兼居間と男子の寝室、女子の寝室がある。

村の中では、集会所、若者小屋、村長さんの家が大きい。

村長さんの家が大きいのは、巡回神父さんや行商人を泊める部屋があるからだってさ。

そう、巡回神父さん！　この世界には、転生前と同じように宗教もあるんだね。

そんなことを考えながら、革を一目ずつ丁寧に縫っていく。すごく縫いにくいけどね。

「ミクは器用ね！　騒いだり、泣いたりもしないし、一人目なのに育てやすくて助かるわ」

えっ、もっと我儘《わがまま》を言っても良かったのかな？

「その代わりミクは『何？　何故？　攻撃』が激しいけどな！」

パパは黙って木工細工をしていたら良いよ！　ぷんぷん！

ママは私に革袋作りを任せて、パパと木工細工をしている。

ナイフを使う方が上手みたい。

単純作業をしていたら、歌が歌いたくなった。

「雪が降る、雪が降る、いっぱい降る♪」

雪が降る歌は、前世によく歌っていた『ジングルベル』のメロディーにいい加減な歌詞をつけたものだ。

ママとパパは笑っていたけど、何回か歌っていると二人も一緒に歌い出した。

厳しい世界だし、裕福とは言えない生活だけど、丈夫な身体と、ママとパパ！　幸せだよ！


でも、吹雪が続くと、段々と憂鬱な雰囲気になってきた。

狩りが好きなママは雪に閉じ込められて気が滅入《めい》っている。

「肉はまだあるけど……いつまで吹雪が続くのかしら？」

二人で狩りに参加しているから、肉の分配は多いみたい。

でも、小麦が残り少ないようだ。

オートミールみたいな引き割りになっているのだけど、この村では小麦は栽培していないのだ。

「この吹雪が止《や》んだら、小麦が余っている家に行って肉と交換してもらおう。うちは子どもがいるからお粥を食べさせたいしさ」

大人だけなら、肉だけでも良いのかな？　栄養的にはどうなのだろう？

「来年は、芋をもっと作らなきゃ！」

ママとパパが寄り添って良いムード。パパがママのお腹を愛《いと》おしそうに撫《な》でている。

うん？　二人の雰囲気がピンク色だよ。えっ、もしかして私、お姉ちゃんになるの？　嬉しい！

「お姉ちゃんになるの？」

無邪気な子どもの振りで聞いちゃう！

「ええ、秋にはお姉ちゃんになるのよ！」

うん、私を産んですぐに次の子を授かったんだね。

病院暮らしが長くて新生児室に可愛い赤ちゃんを見に行ったりしていたから、耳年増《みみどしま》なんだ。

「ミクも一歳になったら、お手伝いできるよな！」

もうすぐ一歳になる大きな子達は、時々ワンナ婆さんの家に行かないで、狩りについていっている。それは、村の大人達と一緒に行く本番の狩りではなく、親が付き添って教える狩りの練習のようなものだ。大人達は真剣だからね。一歳以下の子どもはまだ本番の狩りに同行したりしない。

両親は狩人《かりゅうど》推しだけど、私は向いていない感じだ。私の身体能力は、マックなんかとは全く違うんだもの。チワワとシェパードって感じなんだ。

私と生まれが数日違いのジミーはビーグルっぽい。

サリーはトイプードルかな？　私とサリーは他の子達と少し違う感じだって、ワンナ婆さんにも言われた。

ママとパパには「うん！　お手伝いするよ」って答えたけど、狩りができるかは不安。他の料理とか掃除は手伝えると思うけどね。

色々考えることもあったけど、吹雪が止んだので元の生活に戻った。

ママとパパは狩りに行き、私はワンナ婆さんの家で、友達と遊ぶ。

ふふん！　積み木、とても好評だよ！

「少し貸してくれよ！」

マックに貸してあげる。私は優しい女の子だからね。

積み木を気に入ったマックは、何日かしたら木の箱に積み木を何個も入れて持ってきた。

それを皆で積み上げて家を作った。

「ミクより俺の家の方が立派だぞ」

やれやれ、私は積み木を独り占めしないように気を使っているから小さい家なんだよ。

「マックはいっぱい積み木を使っているから、大きな家が作れただけよ」

ヨナがたしなめてくれたし、サリーも「そうよ、そうよ」と私の味方をしてくれる。

ただ、何人かで遊ぶには積み木が少し足りないのも事実なんだよね。

「そうだ！　全部の積み木を高く積み上げて塔を作るの。それを順番に一個ずつ下から取っていくの。それで積み木の塔を崩した子が負けよ！」

前世の将棋崩しに似たゲームだよ。

「マック！　また崩した！」

マックは予想通りだけど、ジミーが意外と上手い。

途中からはルールを変えて、抜き取った積み木を一個ずつ積み上げることにした。

そうなると、悪巧みをする子もいて、わざとバランス悪く積んだりするんだよ。

「へへへ！　ミク、崩したな！」

この悪ガキのマックと私が従兄妹《いとこ》だなんて、嘘《うそ》だよね！

まぁ、このバンズ村のほとんどが親戚なんだからしかたないか。

積み木だけじゃなく、サリー達とは他の遊びもできるようになった。

初めは私が赤ちゃん役ばかりだったけど、おままごとをするとその子の家庭の様子が分かるよね。

「貴方《あなた》、早く起きて！」とか、サリーのパパはお寝坊さんなのかな？

私の家の場合は、いちゃいちゃ度が高いってバレて笑われたよ。


そうこうするうちに、私は生後三ヶ月になり、毎朝、ワンナ婆さんの所に行く日々を送っている。

両親は朝から狩りに出掛けて、やたらと角の大きな鹿の魔物や、デカい猪《いのしし》の魔物を獲《と》ってくる。

鹿や猪に似たこの魔物は、二人で獲っているわけじゃない。村の大人が集まって狩りをするのだ。

それを集会場で解体して、各自の働きに応じて肉を分配する。革や角は春まで貯《た》めて、行商人が来たら売るみたい。

ワンナ婆さんへの保育料は、肉の一部か、小さな銅貨で支払っている。

「お金あるんだ！」

とても原始的な世界だから、通貨があるのに驚いたよ！

「ミク、これが銅貨だよ。ミクの預け代一日分だ。鹿の革を売ると、銅貨五十枚になる」

パパが教えてくれたけど、それ、安すぎないかな？

でも、ここはかなり僻地《へきち》みたいだから、行商人の言い値なのかも？

「春になったら、行商人が来るから、小さな魔物も狩っておきたいな」

猪や鹿に似た魔物は村人総出で狩るけど、角兎《つのうさぎ》とか火喰《く》い鳥とか小さな魔物は、それぞれ各自で獲ってくるみたい。

「ミクの服もまた必要になるから、布を買いたいわ」

今は頭から被《かぶ》る簡単なシャツと、ウエストを紐《ひも》で括《くく》るズボンという本当に簡易的な服装だけど、ないと困る。それに靴も欲しい。今は、動物の革を足に巻いて、足首を紐で括っているだけなのだ。

「靴も！」

私の言葉に、両親は「ついこの前までは赤ちゃんだったのに」とほほ笑む。

「まだ狩りに行かないから、それで十分だろう」

パパが少し揶揄《からか》う。確かに、家とワンナ婆さんの家との間しか歩かない。

雪が降る冬、前世の私なら、一瞬で風邪をひき、即病院送りだったけど、今度の身体はビクともしない。目の粗い毛織物のチュニックの上に革のマントを羽織っただけで、ワンナ婆さんの家まで走っていける。寒いとは思うけど、震えたりしないのだ。

「私達って寒さに強いの？」

緑色の髪のパパに訊《たず》ねる。

初めて見た時は、髪の色に驚いたけど、改めて見るとかなりハンサムだ。

「ああ、強いのかもな。春になるとやって来る行商人さんが、前に寒い寒いと大袈裟《おおげさ》に騒いでいた」

「巡回神父さんも春には回って来られるから、ミクも洗礼を受けなくてはね」

金髪美少女のママがそう言って、いそいそと木の箱から銅貨を出して数える。

私の髪の色は、ママに似た金髪だ。見慣れてくると緑色や青色もありかな？　と思えてくるけど、やはり金髪で良かったかも？

だって、異世界とはいえ、青色とか緑色の髪の毛は異世界感が強すぎるんだもの。

テーブルの上には銅貨がバラバラと散らばっている。ママは一枚ずつ数えている。

「洗礼に足りるか？」

「十枚は必要だとワンナ婆さんは言っていたわ。これは、別にしておきましょう。預かり代は、肉で払えば良いわ」

十日分の預け代と洗礼代が同じ。高いのか、安いのか、よく分からないけど……行商人が来るまで、お金を手に入れることができないなら、かなり厳しいのでは？

だって残りが三十枚程度しかないんだもの。洗礼代自体は安いのかもしれないけど、どうやら全財産の四分の一だからね。裕福な家庭の銅貨十枚とは価値が違うと思う。

私は「何？」「何故？」を連発して、両親をうんざりさせたみたい。

「ミクはもしかしたら、村から出て行く子になるかもな」

えっ、それってありなの？　なら、出て行きたいかも！

だって、村の生活って退屈なのだ。この村って二十軒ぐらいの小屋と、集会場しかないんだもん。村の周りは石垣で囲まれているから、外には行ったこともない。

前世とは違って、健康な身体に恵まれたのは本当に嬉しい。

これ以上を望むのは我儘かもしれないけど、あちこち見て回りたいんだ。旅行とかしたことがないんだもん。

「村の外は危険よ。魔物も多いし、人間の町には悪い人もいっぱいいて、騙《だま》す人もいると聞いたわ。この村なら皆知り合いだし、怖い目に遭ったりしないわ」

ママにぎゅっと抱きしめられた。

どうやら治安は悪そう。なら、退屈でも平和に暮らせる村の方が良いのかも？

なんて思っていたけど、ワンナ婆さんの家で、それは狩りの腕が良くなきゃ駄目だと聞いた。

「一人前の狩人じゃないと村では暮らせないぞ。ここは狩人の村だからな。俺は良い狩人になるけどな」

マックは自分が狩人に向いていると、威張っている。その自信は何処《どこ》からくるの？　と問い詰めたい気分になるけど、多分その通りなんだろうなと感じる。

「私は、町に出ても良いと思っているの」

サリーは確かに話し方も上手いし、町の暮らしでもやっていけそう。

「でも、町には悪い人が多いとママが言っていたわ。だから、私は狩人になると決めたの」

ヨナは狩人志望みたいだね。

ふぅ、情報が少ないし、それに生後一年でその後の人生を決めるのは早すぎると思う。

すると、編み物をしているワンナ婆さんが話しかけてきた。

「春になったら、巡回神父さんがやって来るんだ。そこで洗礼を済ませたら、能力判定もされるから、それから両親と話し合ったら良いさ」

能力判定！　ラノベでよく見た！　楽しみだ！

「狩人に相応《ふさわ》しい、弓か斧か槍《やり》のスキルがあると良いな！」

マックの言葉に、ヨナとジミーは頷《うなず》いている。

サリーは少し違う考えみたい。

「私は魔法が使えたら良いなぁ！　町で暮らすには便利だと思うから」

魔法！　あるんだ！

「魔法なんてなかなか授からないぞ。この村は狩人の村だからな」

へぇ、他にも違う特徴のある村があるのかな？

私達の村はバンズ村と呼ばれている。何、何故攻撃で教えてもらったんだ。因《ちな》みに村長さんの名前もバンズ。もし、村長さんが代わったら村の名前も変わるのかな？

ママは「変わらないんじゃない？」と言っていたけど、よくは知らないみたい。

「ワンナ婆さん、村長さんが代わったら、バンズ村じゃなくなるの？」

ワンナ婆さんは、少し考えて答える。

「いや、前の村長さんもバンズと呼ばれていたね。村長はそう呼ばれるのさ」

「変なの。じゃあ、今の村長さんと新しい村長さんのどちらも、二人ともバンズなの？」

「いや、新しい村長さんだけだ。今の村長さんは前の名前に戻るか、元村長さんと呼ばれるのさ。どちらにせよ、私の生きている間のことじゃないさ」

ワンナ婆さんより村長さんの方が若そうだから、そうかもね。ママが詳しくなかったのは、生まれた時からずっと同じ村長さんだからかも？

そうだ！　他にも聞きたいことがあったんだ。知りたいことが多すぎて困るよ。

「ワンナ婆さん、私達が住んでいる村以外は何があるの？」

ワンナ婆さんも、私の「何？　何故？　攻撃」にはうんざりしているみたい。

でも、一応は答えてくれる。

「狩人の村は、バンズ村以外にもこの森に多いよ。それで私達は町の人間から森の人《エルフ》と呼ばれているのさ。それと魔法を使える森の人《エルフ》は、アルカディアに住んでいる特別な種族さ。町のことは知らないが、物を作るギルドがあると爺《じい》さんから聞いたよ。こんな質問は神父さんにしな！」

えええ、私は森の人《エルフ》なの？　確かに、人間離れした成長速度だとは思ったよ。

でも、森の人《エルフ》って凄く長命なイメージだけど？　アルカディアに住んでいる魔法が使える森の人《エルフ》が長命なのかもね？

「なら、サリーは、魔法は使えないな！」

マックは第一印象ほどはいじめっ子ではなかったけど、少し威張りん坊だ。

ヨナはどんどん背が伸びて、しなやかな動きをするようになって、狩人のイメージに近い。

ジミーは無口で、いつも隅っこでナイフを使いながら木を削っている。

生後三ヶ月の赤ちゃんにナイフ！　ここでは普通だよ！　私もナイフをもらったんだもの。

ワンナ婆さんの所の食事は、基本はお粥だけど、たまに肉が出る。それをナイフで切って食べるのだ。肉の味はなかなか美味しい。ただ、味付けは塩のみだけどね。

「ワンナ婆さん、ハーブとかないの？」

ケタケタ笑われた。

「この子は、薬師になるのかもね？　森の人《エルフ》の中には植物を育てたり、薬師になる人も前はいたと聞いているよ」

薬師！　それは良いかも！

前世では、お医者さんと薬剤師さんには、お世話になったからね。今度は、病気の人を助けたい。

「今はいないの？」

ワンナ婆さんは肩をすくめた。

「この村には、いないね。いたら助かるかもしれないけど……これればかりは才能と修業が必要だからね。狩りなら親や村人から教わることができるけど、修業するには金が必要だと聞いたよ」

そうか、銅貨三十枚では無理なのかも？

私が生まれたのは、冬の真ん中だったみたい。

カレンダーなんてないけど、村長さんの家には暦がある。

それによると、私は十二月生まれだそうだ。春、夏、秋、冬の四季があり、十二ヶ月で一年になっている。日にちは分からない。前世だったらありえないよね。でも、ここでは普通みたい。

「ワンナ婆さん、季節を教えて！」

やれやれと編み物を置いて、指で数えながら教えてくれたけど、かなりいい加減。

「白冬、厳冬、終冬、初春、萌春《もえはる》、初夏、猛夏、晩夏、初秋、晩秋、初冬、黒冬だったかのう？

おや、冬が多いから間違っているかな？」

いい加減だよ！　誕生日なんて分からないけど、寒い季節に生まれたのは確かだね。

「ねぇ、いつまで冬なの？」

ワンナ婆さんがまた編み物を手に取って、面倒くさそうに「春が来るまでさ」と答える。

それって答えになってないけど、ワンナ婆さんも知らないのかも？

冬は長いので、私はワンナ婆さんに少しだけ毛糸をもらって、ヨナとサリーとあやとりをして遊んだ。

「ミクは小さいのに、よく知っているわね！」

ヨナに感心された。ちょっと嬉しい。

「それに器用だわ！」

サリーにも褒めてもらったよ。サリーってまだ幼児なのに気が利くよね。

あやとりに飽きたら、ストレッチをする。身体はどんどん大きくなるから、柔軟性を高めておいた方が良いからね。

それと、前世では運動どころではなかったから、丈夫な身体が嬉しいんだ。

木の床の上に座って、前屈から始める。

「ああ、赤ちゃんだから柔らかいわ」

ぺたんと顔が脚にくっつく。

生まれた頃は貫頭衣《かんとうい》だけだったけど、近頃は下にズボンもはいている。だから、脚を広げても大丈夫！

百八十度開脚もできる！　横に身体を倒す。

凄い！　バレエなんてできなかったけど、漫画やテレビで見て憧れていたんだ。

「何をやっているの？」

ヨナとサリーが不思議そうに私を見ている。

「身体を柔らかくする体操をしているの。柔らかい方が怪我《けが》をしなくて良いのよ」

ヨナは狩人志望なので、それは良いと思ったみたい。私の真似《まね》をして、ストレッチをする。

「ふうん、暇だし、私もしよう！」

サリーもやり出した。皆、身体はしなやかで柔らかい。森の人《エルフ》、エルフ特性なのかな？

村の他の人も顔立ちは綺麗な人が多いけど、耳はイメージしていたエルフほど尖っていない。

もしかしたら、アルカディアの森の人《エルフ》は、私が読んでいた物語のイメージの姿なのかもね。

マックは腕立て伏せをやったり、腹筋をしていたけど、ストレッチも真似する。

私は腕立て伏せと腹筋も真似したよ。

『初腕立て伏せと腹筋だわ！』と心の中で叫ぶ。本当に健康な身体ってありがたい。

「えっ、ミク、二回しかできないのか？」

私が初腹筋と初腕立て伏せに感激しているのに、マックったら自慢をしたいのか、横でこれ見よがしに高速腹筋をしている。嫌味《いやみ》だよね。

でも、ジミーも何回もできるし、ヨナも軽く百回はできそう。

同じ森の人《エルフ》と言っても、私とサリーは少し鈍くさいのかも？　いや、他の子が変なんだよ。私も前世だったらスーパー赤ちゃんだよね。

男の子達は本当は木の棒を振り回したいみたいだけど、ワンナ婆さんが許してくれないから、暇を持て余している。大人しく遊べることなら、腹筋だってストレッチだって大歓迎なのだ。

う〜ん、幼稚園に通っていたら、お遊戯とか知っているのにね。

でも、病院でも看護師さんに少しは習ったよ。看護師さん、長期入院していると本当のお姉さんみたいに優しくしてくれたんだ。

先ずは、じゃんけんから教えよう。

「皆、この握り拳は石のグー！　二本の指はハサミのチョキ！　手を広げたのは紙のパー！」

女の子達にグー、チョキ、パーを教える。

家に紙はないけど、村長さんの家にはあるし、存在は皆知っていた。

「グーは固いからチョキに勝つの！　チョキは紙のパーを切れるから勝つ！　パーは石を包めるからグーに勝つのよ！」

ちゃんと理解できたかどうかは分からないけど、ジャンケンをして遊ぶ。

「じゃんけん、ポン！」

初めはバラバラに出していたけど、どんどん上手くなった。

「私の勝ち！」とか騒いでいたら、男の子達も参加しだした。

人数が多くなると「あいこでしょ！」が長くなるけど、暇だから平気！　かえって楽しい。

「ミクは変わった遊びを思いつくね」

ワンナ婆さんに褒められたよ。退屈しすぎると、喧嘩《けんか》する子もいるそうだ。今年は女の子の方が多いし、色々と勝手に遊んでくれるから楽みたい。

ジャンケンができたら、遊びの幅が広がるよ！

「あっち向いてホイ！」はかなり笑える。

「ああ、これは面白いな！」

男の子達は引っ掛かる確率がかなり高い。

サリーは引っ掛かり難《にく》い。私はつい引っ掛かっちゃう。

紙が使えるなら、ハリセンを作って頭を叩《たた》くゲームもできるけど、薪で叩くのは怖いから教えないよ。

後は、面倒臭がるワンナ婆さんに、簡単な文字と数字を習った。

パパに木の板を作ってもらって、そこに木の枝を暖炉で燃やして作った炭で書くのだ。

「単語はあまり知らないけど、これを組み合わせるんだよ」

この世界の文字はアルファベットに似ているけど、少し違う。単語は、その音の組み合わせみたい。ローマ字に近い感じ。

母音と子音があるみたいだけど、ワンナ婆さんはあまり知らないんだ。残念！　村では、文字を書くのは村長さんぐらいだそうだ。

でも、ワンナ婆さんは計算はできる。預かり代金とか集めて、行商人が来たら生活に必要な物を買わないといけないからね。

「一、二、三、四、五、六、七、八、九、十」

数字も前世とは少し違うけど、板に書いてもらって覚える。

「私も覚えたいわ！」

サリーは興味があるけど、他の子はもっと大人になってから覚えたらいいって感じだ。

書く練習用の板もパパに作ってもらう。

書いたら、ナイフで削って消す。お陰でナイフの使い方が上手くなったよ。


巡回神父さんがやっと来た頃には、春になっていた。

一歳になったマックとヨナは、洗礼前なのに親と狩りに出掛けている。

そして、赤ちゃんが二人増えた。私と同じ金髪と赤毛のおチビちゃん。

巡回神父さんがやって来たので、この日の狩りはお休みで、ママとパパと私もお風呂に入って一番綺麗な服を着た。

お風呂は時々入る。桶《おけ》にお湯を入れてね！　石鹸《せっけん》はないけど、植物の種で泡立つのがある。

「これは何？」

また「何？」攻撃で、ママは「無患子《むくろじ》よ」と簡単に答える。

無患子は森で見つけたのを採ってきているみたい。

私は小さいから、桶にすぽんと座る。

ママが粗い布に無患子を何個か包んでゴシゴシしたら、石鹸みたいな泡が立つ。その泡で頭から洗う。

私の金髪の髪は腰まで伸びていて、普段は邪魔にならないように緩く三つ編みにしている。

「さぁ、濯《すす》ぐから目を閉じて！」

ギュッと目を閉じとかないと、泡が目に沁《し》みるんだ。前世のシャンプーハットが欲しいよ。

身体もゴシゴシ洗って、立ち上がってお湯をかけてもらう。

ゆっくりと湯船に浸《つ》かったりはしないけど、暖炉の前だから、そんなには寒くない。

ママとパパも桶で髪と身体を洗うけど、大人は桶の中には入らない。もしかしたら、もっと大きな大人も入れる桶がある家もあるのかも？

洗礼式用にママが頑張って縫ってくれた新しい服。いつもと同じ生成りの生地だけど、シャツは少し長くてチュニックになっている。

私は赤ちゃんから幼児になったので、見た目は五歳児程度に成長した。

本当にこの成長スピード凄すぎるよ。

新しいチュニックとズボンで、私のテンションも上がる。

靴は、まだ革を巻いただけなのが少し格好悪いけどさ。

でも、桶に汲《く》んだ水に映る自分の顔は、なかなか可愛い。

ちょっとたれ目な濃い緑の目。これはパパ似だね。ママはキリッとした目つきなんだ。気の強そうな美少女っぽいママと、かなりいけている甘いハンサムなパパの子だからね。

集会場には、子どもを連れた親がいっぱいいた。ドキドキしてきたよ。

ワンナ婆さんの所には来なくなったマックとヨナもいるし、サリー、ジミー、私、そしておチビちゃん達。金髪のおチビちゃんは、マックの弟だ。つまりこの子も従姉弟《いとこ》ってこと。

知っている子が一緒だから、少しホッとする。

ただ、皆いつもとは違う真面目な顔だし、一張羅を着てお行儀よくしているから、私もサリーと話したりしない。

六組の親と七人の子ども！　村長さんが神父さんに子ども達の名前を教えている。

「今年も多くの子ども達が、冬を乗り越えて良かった」

白髪の神父さんは、思っていたよりも優しそうな感じだ。

「エスティーリョの神の子に災いが訪れませんように！」

先ずは一番大きなマックからだ。

洗礼って、前世では赤ちゃんの額に水をつけるイメージだったけど、ここでは洗面器みたいなのに顔をつけるみたい。これ、赤ちゃんだったら溺れそう！

「おお、斧使いのスキルを授かっているようだ」

洗面器みたいな洗礼盤には、周りに石が付いていて、そこがピカリと光る。

マックもその両親も嬉しそうだ。大物を仕留めるにも、薪を割るにも便利そうなスキルだものね。

父親もマックの肩を叩いて祝福している。

「キンダー！　マックに斧の使い方を教えてやってくれ！」

マックの父親は私のママのお兄さん。私の伯父さんになるんだけど、槍使いのスキルだからパパにお願いしている。

私のママも甥《おい》が狩人の村に相応《ふさわ》しいスキルをもらったのが嬉しいみたい。ニコニコ笑っている。

今度はヨナだ。顔を水につけるから、きちんと後ろで髪を括っている。

「お前は、弓使いのスキルだ」

ヨナも両親も心から喜んでいる。弓使いも狩人の村に相応しいスキルだし、ヨナの母親も同じ弓使いなので「これから、もっと練習しなきゃね！」と背中をバンバン叩いて笑っている。

問題はサリーだ。町に行きたいなんて言っていたけど……どうだろう。

「サリーは、おお珍しい！　風の魔法使いのスキルだ。アルカディアで魔法の修業をしても良いし、人間の町で魔法使いの弟子になっても良い」

サリーは満足そうだけど、サリーの両親は複雑そうだ。

「神父様、この子を引き受けてくれる師匠はいるのでしょうか？　それと入門料とかは？」

神父さんは、後で相談に乗ると言って、ジミーの顔を洗面器につける。

「ジミーは、弓使いのスキルだ」

ジミーも両親も頷いている。

さて、次は私だ。ドキドキするよ！

「おや、この子は……珍しいな！　植物を育てるスキルと料理のスキル。ははは、ミクは食べるのに苦労しそうにないな」

なんだか両親は微妙な顔だよ。狩人のスキルじゃないからね。それに、サリーみたいな風の魔法使いとかでもない。これって外れスキルなんじゃないかな？

「神父さん、どうしたら良いのでしょう？」

パパが心配そうだ。ママも不安そうに私の肩を抱いている。

「後で村長と一緒に、話し合おう」

残りのチビちゃん達は、弓使いと槍使いのスキルで、問題なかった。マックの弟は伯父さんと同じ槍使いのスキルで「俺が鍛えてやる！」と背中を叩かれていた。

狩人の村に相応しいスキルをもらった子どもとその両親は、賑《にぎ》やかに笑いながら出て行った。

集会場に残ったのは、サリーの家族と私の家族、神父さん、村長さんだ。

「まずは椅子に座って、これからのことを話し合おう」

村長さんに勧められて、私達は椅子に座る。どうなるのか不安だったので、座ってちょっとだけ落ち着いた。ママがずっと肩を抱いてくれているのも心強いよ。

先ずはサリーの相談だから、大人しく聞いておこう。何か参考になるかもしれないからね。

「サリーには二つの道がある。アルカディアの魔法使いの弟子になるか、人の町の魔法使いの弟子になるかだ」

サリーの両親は、どちらにしろサリーが親元を離れることになるから心配そうだ。狩人の村から出て行くことになるからね。この村に魔法使いはいないから、修業するなら仕方ないとサリーの両親も考えたみたい。

「神父様、どちらがサリーにとっていいのでしょう」

神父さんも腕を組んで考えている。

「アルカディアで修業するなら、サリーは下っ端になるだろう。彼方《あっち》は魔法使いが多いからな。だが、一応は同族だから安心できる面もある。人間の方は、かなり優秀な魔法使いとして扱われるだろう。だが、人間は森の人《エルフ》ではないから、年齢とかは内緒にしておいた方が良い。人間の赤ちゃんが歩くようになるには一年はかかる」

やはり、人間は前世と同じような成長速度なんだね。異世界の住人が全て超スピードで成長する

にないそう

んじゃないんだ。

「あのう、入門料とかは？」

おずおずとサリーのママが訊ねる。

サリーの家は、私の家より余裕がありそうだけど、狩人の村の住民はあまりお金を持っていそうにない。

「うむ、アルカディアなら、下働きをしながら修業をするから入門料は必要ないだろう。人間の魔法使いは、年季縛りになるかもしれないな。修業して一人前になったら、数年は師匠のもとでただ働きしないといけない。食べ物や服は、支給してくれる」

どっちも、どっちだね。下働きか年季奉公、まだ子どもなのに厳しい選択をしなきゃいけないんだなぁ。

「私は、人間の魔法使いの弟子になりたいわ！」

サリーは、アルカディアで下働きをしながらの修業は嫌みたいだ。

サリーは女の子らしい綺麗な見た目だし、言葉使いも私よりおしとやかだけど、プライドが高いからね。アルカディアで他の才能に溢《あふ》れる森の人《エルフ》に下に見られるのは嫌なんだろう。私も嫌かもね。

「人間の町で修業するなんて心配だわ。大人になって行くわけじゃないのよ」

「神父さん、普通の人間は何歳ぐらいから魔法使いの弟子になるのでしょうか？」

サリーの父親の質問に神父さんが答える。

「家が近い子なら六歳ぐらいから修業するが、住み込みなら八歳か十歳からだな。魔法使いになるなら若いうちから修業した方が良い。森の人《エルフ》なら三歳になれば、人間の子の十二、三歳程度に見えるからな」

「神父さん、アルカディアならサリーが三歳だと理解してくれるのでしょうか？　人間は十歳以上、つまり一人前だと考えて接するのでは？」

「そうよ！　三歳でも、人間には十五、六歳に見えるかもしれないわ。まだ子どもなのに色気づいた視線を送られるかも？　危険だわ！」

どうもサリーの両親は、人間の町より同族のアルカディアに行く方が安心だと思っているみたいだ。それにサリーは美少女だから余計に心配なのかも。

「人間でも、魔法使いの弟子に変な真似はしないと思うわ」

サリーと両親が喧嘩になりそうなので、神父さんが止める。

「どちらにせよ、修業に出るのは数年先なのだ。まぁ、ゆっくりと考えなさい」


サリーが両親と言い争いながら、集会所から出て行った。多分、サリーは自分の意思を貫《つらぬ》きそう。

ここからは残った私の話になる。どちらかというと魔法使いの優れたスキル持ちのサリーより、外れスキルっぽい私の方が深刻なんだよね。

サリーの話を聞いている間も、ママとパパは心配そうに青ざめた顔で上の空だった。

「植物育成のスキルに料理のスキルだなんて、聞いたことがない！　それでミクは食べていけるのでしょうか？」

パパは途方に暮れている。

だってこの村では、お粥か肉を焼くだけだもの。一番凝った料理が煮込みだったからね。

私も少し不安だよ。主人公が外れスキルをもらうラノベも読んだことはあるけど、それだって料理とかじゃなかったからね。

「植物を育てるスキルなら、春から秋まで畑を作れば良いのではないでしょうか？」

「そうだな！　それなら、なんとか暮らしていける！」

ママの言葉にパパも頷いている。

そうか、狩人の村だけど、私は農民になれば良いのかも？　スローライフも良いかもね。

ただ、村長は難しい顔だ。これまで植物育成スキルの子などいなかったからだ。

「村の中に畑を作っても一年中食べ物は作れないだろう。それに、そのくらいは各家で作っている」

今はまだ雪が残っているけど、溶けたら各家の前に野菜を植えるみたい。

それと、村の外では魔物が出てくる。そこで呑気《のんき》に畑仕事なんかしていられないのだ。

狩人の村でのスローライフの夢、あっという間に砕けたよ。

「植物育成スキルは人間にバレると危険だ。人間の領主に良いように利用されて、魔力を吸い取られて死ぬまでこき使われるぞ」

二つのうち、まだ使えそうな植物育成スキルは狩人の村で使ってもたかが知れているし、人間の町では危険すぎて使えないよ。

「神父さん、どうしたらいいのですか？」

この世界は子どもだけじゃなく、生きていくのに厳しい世界なのだ。

狩りができない私がバンズ村で暮らしていけるとは思えない。

「ここでは料理スキルで食べていけないかもしれないが、人間の村や町ならミクの才能も役立つと思う。宿屋や食堂なら、スキル持ちは歓迎されるぞ」

料理人！　良いかも？　今は丈夫な身体だし、ばっちり働けるよ。それに前世のママとよく料理番組を見ていたからね。

「料理人になります！」

前世では食事制限もあったけど、今度は健康な身体に恵まれている。

包丁一本、晒《さら》しにまいて、あちこち修業しながら巡るのも楽しそうだよね。

そんな呑気なことを夢想していたけど、ママとパパは難しい顔をしていた。

「サリーみたいに魔法使いの弟子になるなら、人間の町でも暮らしていけるかもしれないが、宿屋や食堂で働くのは心配だ。ミクは可愛いから、男にちょっかいを出されそうだ」

○歳児にちょっかい！　それは困る！　宿屋で酔っ払いの相手とか御免だよ！　まともに料理をするのは良いけどさ。

「真っ当な食堂とかはないのですか？」

「庶民の食堂は、夜は酒場になる所が多い。貴族の屋敷とかなら……。いや、それでも見た目が大人だと、雇人の男達には魅力的に見えて危ないか？　そもそも私に貴族の知り合いはいないし、ある程度料理人としての実績がないと、雇われるのは無理かもしれない。料理人の助手ならなんとかる。


なるか？　それも、良い雇い主でないと困る」

異世界の職場環境、悪そう。セクハラ、パワハラは勘弁してほしいよ。

パパは愛《いと》しい娘をそんな目に遭わせるものかと拳を握り締め、ママはギュッと私を抱きしめてい
神父さんは私達を眺めながら、腕を組んで考えていた。

「もう一度、能力判定をしてみよう！」

えええ、また顔を突っ込むの？　やっと前髪が乾いたのに。

「何か変わるのでしょうか？」

ママとパパは狩人推しだからね！　私が狩人スキルをもらえるのを期待している。

「いや、複数のスキルがあるのも珍しいし、他のスキルを見落としたのかもしれないからね」

ちゃんと見てよ！　私の人生が懸かっているんだよ。

ということで、二回目の顔ポッチャンだ。かなりグッと押し込まれたよ。

「ふむ、薬師のスキルもあるぞ！」

それ、一番重要そうじゃん！　見落とし禁止だよ。

薬師って、前世の薬剤師さんみたいなのかな？　すごくお世話になったから、嬉しい！

「それなら、アルカディアで修業した方が良さそうだな」

村長さんもホッとしている。村の子が宿屋で酔っ払いの相手をするとかは嫌だったのだろう。

「サリーと同じだよ。アルカディアで下働きしながら修業するか、人間の町で薬師の弟子になって

年季縛りを受けるかだ。家で話し合いなさい」

両親も、料理人よりは安心だと喜んでいる。

この世界では、宿屋の子に生まれるか、食堂の子に生まれるかしないと、女の子で料理人で食べていくのは厳しいのかも？　貴族とかの屋敷ならいけるのかもしれないけど、そもそも貴族っているのかな？　それに、森の人《エルフ》の扱いってどうなのかも分からない。


家に帰ったら、ママとパパは迷わずアルカディアに行くことを勧めた。

「人間よりかは同族の方が安心だわ」

まぁ、それは理解できるけど、なんだかアルカディアでは、狩人の村出身者は下働きって感じで、ちょっと馬鹿にされていると聞いたから気にかかる。

「サリーは人間の町に行くのでしょう？」

私も一緒の町だと心強いな。だって、生まれて三日目からの友達だもの。

「それは、アルカディアでは魔法を使える森の人《エルフ》が多いからだ。人間の町には魔法使いが少ないから、貴重な存在として扱われるそちらを選ぶのだろう」

人間に薬師は多いのかな？　それも知らない。

「森の人《エルフ》の薬師は、人間の薬師よりも優秀だと聞いた。どうせ修業するなら、優秀な師匠のもとの方が良い」

それは、そうかもしれない。ただ……アルカディアって、少し選民意識が高そうな感じ。

「ママとパパは、アルカディアに行ったことはあるの？」

二人とも首を横に振る。

「ママはこの村で生まれ育ったの。パパは隣村の出身なのよ。春から夏にかけては、別の村との交流があるの。同じ村の人との結婚は避けた方が良いから」

血が濃くなるのを避けるのだ！　ふふふ、病院暮らしの時に、本はいっぱい読んだから、知っているよ。

「アルカディアに行ったことがある村長さんから話を聞いたぞ。魔法使いが多いし、便利な道具もあるそうだ。それに、アルカディアの狩人も凄腕《すごうで》だと言っていた」

ふうん、話を聞くだけだと良さそうだけど、村長さんと神父さんに相談して決めたいな。

幕間　初めての子ども（キンダー視点）

ミラと結婚して、初めての子どもが産まれた。

小さくて、抱っこするのも怖いくらいだけど、すくすくと大きくなってほしい。

「ミクは、ミラに似ているな」

金髪のミクは、きっとミラに似て綺麗《きれい》になる。

ミクは手のかからない赤ちゃんで、ワンナ婆《ばあ》さんの所にもすぐに馴染《なじ》んだ。中には行くのを嫌がる子もいると聞いていたから、ミラと心配していたけど、安心したよ。

ワンナ婆さんに子どもの面倒を見てもらわないと、狩りに行けない。つまり、食べていけないかrらな。


ただ、ミクは手こそ掛からないけど、質問ばかりしてくるのは困る。

「パパ、この村の周りには何があるの？」

このくらいなら簡単だ。

「魔の森だよ」

だけど、ここからが面倒臭い。

「魔の森！　何故《なぜ》、そう呼ばれているの？」

それは……何故だろう？

「前から、そう呼ばれているのさ」

ミクは少し考えて、また質問する。

「魔物がいるから、魔の森と呼ばれているの？」

あっ、そうかもしれないな。

「多分な！」

これで質問はお終《しま》いにしてもらおう。私は行商人に売る木の食器を作らなくてはいけないのだ。

現金収入がないと、小麦や布が買えない。

ミクはとても可愛《かわい》いけど、質問攻めは困る。木の器を彫るのに集中していると、ミクはいなくなった。いなくなられると、今度は寂しい。それは我儘《わがまま》だと思うけど、本音だ。

春になって、神父さんがバンズ村にやって来た。

明日はミクの洗礼だ。

「ミクは狩人《かりゅうど》のスキルをもらえるかしら？」

ミクが寝た後で、ミラはそう呟《つぶや》いた。

「それは分からないよ」

そう言ったけど、多分違うスキルだと感じている。

それはミラもそう感じているから、心配しているのだ。

「ワンナ婆さんは、なんて言っていたんだ？」

ワンナ婆さんはミラの大叔母だ。

まぁ、この村のほとんどはミラの親戚なんだけどな。

「多分、狩人のスキルではないだろう。外に出て行く子になるって……でも、村の外だなんて！」

俺は隣村の出身だけど、ミラはこの村で生まれて、この村に住んでいる。外での生活は考えられないのかもしれない。

「ミクの将来は、ミクが決めるのさ。俺達は、それまでしっかりと育てるだけだよ」

ぎゅっと不安そうなミラを抱きしめる。

可愛いミクの寝顔を見て、できれば狩人の村にいてほしいと思う。でも、あの好奇心は、ここでは満たされないのではないかとも感じる。

「ミク、お前は将来、何になるのかな？」

初めて子どもを授かって、親とはいかに悩みが多いのかが分かった。私の両親も、こんな思いをしながら、私を育てたのだろうか？

洗礼で、ミクが何のスキルを授かるのか、それを思うと眠れない。

第二章　ミクの能力は変わっている

次の日も、神父さんは村長さんの家に居た。洗礼だけでなく、結婚式も挙げるみたいだ。

「ねぇ、ねぇ、花嫁さんを見たいわ」

ママにおねだりしたけど、変な顔をされちゃった。

「ミクの知らない人だし、親や近しい兄弟じゃないのに、結婚式なんか見に行かないわよ」

「えっ、ウェディングドレスとか着ないの？」

「人間のお金持ちとかは、綺麗《きれい》なドレスを着ると聞いたことがあるけど、ここでは新しい服か一番綺麗な服を着る程度よ」

ふぅ、ウェディングドレスを着ないのは寂しいな。

披露宴とかも、親とか親族でご馳走《ちそう》を食べるだけみたい。

前世でも一度も結婚式にお呼ばれしたことがなかったから、見る機会があるかなと期待していたんだ。残念！

でも、結婚式よりも、自分の進路について相談しなきゃね。

「ワンナ婆《ばあ》さんの家に行く前に、神父さんに聞きたいことがあるの！　行ってきても良い？」

基本的に、この世界の子育ては放任主義だよ。ママとパパは了承してくれた。

「ああ、よく聞いたら良い。それと、いつから修業に行くのかも訊《たず》ねておきなさい」

ふうん、確かに。狩人《かりゅうど》の修業は一歳から始まるけど、私の場合は何歳から修業に出ればいいんだろう？

それと、どこで修業するのかも相談したうえで決めたい。

「神父様、少し良いですか？」

朝から結婚式に参加していた神父さんは、村長の家でお茶を飲んでいた。

お茶と言っても、ハーブティーだよ。家では白湯《さゆ》オンリーだけどさ。

「ああ、ミクだね！　何か聞きたいことがあるのだろう？」

私が何故《なぜ》来たのかも分かっているね！　なら質問しやすいよ。

「私は薬師になりたいのです。パパとママは、アルカディアに行くようにと言うのだけど……そこにいるのって狩人の村の森の人《エルフ》とは違うのかと思って……」

偉そうだとかは言わずに、柔らかな表現にしてみたけど、神父さんは察してくれた。

「ああ、確かに彼らは、自分達は狩人の村の森の人《エルフ》より上だと勘違いしているし、人間も少し馬鹿にしている。それは、エスティーリョの神の教えに反しているのだが、能力があるからある程度は仕方ないのかもな。それと、アルカディアの森の人《エルフ》は全員が魔法を使えるからか、寿命が長いのだ」

へえ、それって前世で読んだ物語のエルフのイメージに似ているね。

でも、やはりちょっと偉そうなのかも？

「何歳ぐらいまで生きるのですか？」

「さぁ、私もはっきりとは知らないのだが、長老会には百歳から入るみたいだな」

もしかしたら、私の師匠になってくれるかもしれない森の人《エルフ》も長老会に入っているのかな？

気難しいお年寄りのお世話をするのが、下働きになるのかもしれない。

「それなら、人間の町で修業した方が良いのですか？」

神父さんは腕を組んで考える。

「サリーは町の魔法使いの弟子になりたいと言っていたな。それには、ある意味で利点があるのだ。人間は魔力持ちが少ないから、魔法使いは優遇される」

それは、良いかも！　では薬師は？

「人間の薬師は、大勢いるのですか？」

「人間にも薬師はいるが……森の人《エルフ》ほどの知識はない。だから、そこで得られる知識はいい加減だし、食べてはいけるが、如何《いかが》わしい薬で儲《もう》けている薬師も多いのだ」

如何わしい薬？　それって何かな？

「惚《ほ》れ薬だとか、子作りの薬だとか、最悪だと呪いの薬だとか！　あんなもの、薬師の資格を剥奪《はくだつ》するべきなのだ」

ふぅ、それは師匠にしたくないよ。それと尊敬できない人には教えてもらいたくない。

「勿論《もちろん》、立派な薬師もいる。ただ、そんな薬師に弟子入りするのは難しいのだ」

神父さんはお金を数える指の動きをした。入門料が高いのだろう。

つまり、アルカディアがお勧めだってことだね！

「アルカディアってどんな所ですか？」

神父さんは、少し考えながら話す。

「狩人の村よりも大きくて、周りには小麦畑や菜園もある。それと、アルカディアの中には大きな木が生えていて、木の上にも家が建てられているのだ。色々なスキル持ちが多く、豊かな暮らしをしている。だが、周りにいる魔物は強くて、時々竜も出るそうだ」

ゲッ、竜が出るの？　それって怖いよ。

「アルカディアの狩人は竜も倒せるから、子どもは心配しなくても良い」

そうなのか。凄腕《すごうで》の狩人だから、偉そうなのかな？

私は狩人の村でも運動能力が低めだから、やっていけるか少し不安だ。

「何歳から修業に出たら良いのでしょう？」

また神父さんは考え込む。

「若者小屋に行く三歳かな？　集団生活になる若者小屋では、狩人でないと肩身が狭いからな。それまでは、狩人のスキルがなくても、少しは狩りの手伝いや家の手伝いをしなさい。それと、これを貸してあげよう。ワンナ婆さんから文字を勉強したがっていると聞いたからね」

そう言って古びた本を貸してくれた。エスティーリョ教の教典の子ども版みたい。

パラパラとめくってみるけど、これは無理だよ。初めて見る文字や、まだ知らない単語でいっぱいなんだもん。

「読めないです！」

貸してもらっても読めなければ意味がない。

「おお、それは困ったな。文字は教えたとワンナ婆さんは言っていたのだが」

暖炉の灰で習った文字を小枝で書く。

「ふむ、まだよく知らなかったんだな。これが母音だ、あとの子音との組み合わせで文字になる」

簡単な母音と子音を教えてもらう。

良かった！　ローマ字方式だよ！

「少し読んであげるから、覚えなさい！」

エスティーリョ教は、この大陸のほとんどの人間とエルフが信じている宗教だ。生きていくのに役立つスキルをエスティーリョ神が与えくれることもある。

「ミクもスキルを頂いたのだから、エスティーリョ神に感謝して、しっかりと修業しなくてはいけないよ。でも、その前に読み書きができるようにならなくてはね」

神父さんもスパルタだ。

でも、この村には村長さん以外は文字を書ける人もいないみたいだから、真剣に覚えるよ！　村長さんはいつも忙しそうだからね。


午前中、読み書きを教えてもらって、よく出てくる単語は覚えた。

それに、スペルの規則が分かったから、貸してくれた本も少しは読めると思う。

「神父さんは、森の人《エルフ》じゃないのですか？」

ロバに乗ってやって来たので、村の人みたいに木と木の間を跳べないのかと不思議だったんだ。

目は緑色だけど、人間にもある色だと思うから、私には区別ができない。

「私は森の人《エルフ》の両親から生まれたけれど、成長も遅くて、あまり森の人《エルフ》の特徴を持っていないのだよ。とはいえ、人間の子よりは早く成長したのだけどね。たまに、こういった子が生まれると教会に預けられて神父になるんだよ」

ふうん、成長速度が違うこともあるんだね。

ジミーは私やサリーより成長が早いけど、狩人のスキルが関係しているのかな？

「色々と考えられるミクならアルカディアでもやっていけるだろう。これから、あちらにも足を延ばすから、師匠になってくれそうな薬師を探してやろう」

この神父さんなら、酷《ひど》い師匠を紹介したりはしないよね？

「お願いします」と頼んでおくよ！

雪が溶けてきたので、家の前に菜園を作る。

先《ま》ずは耕すのだけど、それは〇歳児には無理だ。

ママとパパがあっという間に畝《うね》を作った。さすが、身体能力が半端ない。

ここに、芽が出た種芋を切って、芽がある方を上にして植えるのだ。これは私の仕事！

私は前世にテレビで見たように、防腐のために切り口に灰をつけておく。

「何をやっているの？」

「植物を育てるスキルがあるのだから、ミクに任せておこう」

ママは不思議そうな顔をしたけど、パパがそう言うと二人で狩りに出かけたよ。狩りをしないと食べていけないのもあるけど、本当に狩りが好きなんだよね。

切った芋を桶《おけ》に入れて、菜園に運ぶ。

「植えたら良いのよね！」

畝の上に指で穴を開けて、用意した芋を植えていく。そして、水やりだ。

「ジョウロはないのね！　別の桶に水を汲《く》んで、柄杓《ひしゃく》で掛けるしかないのか」

水を入れた桶は、私にはまだ重たい。でも、これが私の仕事なのだ。

秋にはお姉ちゃんになるし、お芋を潰したものは離乳食に良さそう。

菜園の横まで桶を運んで、柄杓で水を掛けていく。

「大きくなぁれ！　大きくなぁれ！」

前世で聴いた、チューリップの花が咲く歌を歌うよ。

これで今日の私の仕事は終わり。ワンナ婆さんの家に行く。

「おや、遅かったね」

いつもは、両親が狩りに出かけたらすぐに来ていたからね。

「うん、菜園に芋を植えていたから」

ワンナ婆さんの目がキラリと光る。抜け目がなくてびっくりだよ。

「そういえば、ミクは植物を育てるスキル持ちだと聞いたよ。うちの菜園も手入れしてくれたら、預かり賃は半額にするよ」

それって、お得なのかも？　うちにはお金があまりないもの。ママとパパが喜ぶかな。

「でも、畝は作れないわ」

ワンナ婆さんは、自分で畑を耕すのは腰が痛くなりそうだからと、ジミーを使うことにした。

「ジミー、今日の預かり賃はいらないから、畝を作っておくれ」

ジミーは私より数日前に生まれたばかりなのに、背はかなり高いし、力も強い。

「ああ」

相変わらず口は重たいけど、午前中のうちに立派な畝を何本も作った。

私は、その間に芋を切っては切り口に灰を付けていた。

桶を運ぼうとすると、ジミーが手伝ってくれた。

「ありがとう！」

「預かり賃の分は働く」

いい奴《やつ》じゃん！

後は芋を植えて、水をやる。

「大きくなぁれ！　大きくなぁれ！　芋よ、大きくなぁれ！」

赤、白、黄色の花は咲かないだろうけど、いっぱいの芋が採れますようにと願いながら歌う。

今は芋しか植えないけど、もっと暖かくなったら、色々な野菜を植えたい。

行商人は種を持っているかしら？　できたら、穀物が欲しい！　小麦でなくても、とうもろこし
とか、豆類！

次の日も、畑の芋に水をやってからワンナ婆さんの家に行く。

今日は水やりだけだから、神父さんに借りた本を読みながら、単語を覚えるつもり。

まぁ、サリーやジミー、チビちゃん達とも遊ぶけどね。

「あれ？　ジミーは？」

ワンナ婆さんは笑う。

「春だから、ヨハン爺《じい》さんの所に行ったのさ」

えっ、誰それ？

「ミクは知らないのね。半年過ぎた頃から、ヨハン爺さんと一緒に狩りの練習も兼ねて植物の採取、薪《まき》を拾いに行くのよ。ジミーはまだ半年過ぎてないけど、力持ちだし、天気のいい日は薪拾いだわ」

疑問符を浮かべていたら、サリーが教えてくれた。

ふう、まだ〇歳だよね！

でも、ジミーは八歳児ぐらいの体格だし、力も強い。

「早くから働いたら、お金ももらえるもの。若者小屋では、自分で食べていかなきゃいけないから、お金も貯《た》めておきたいのよ」

世知辛い話だけど、親に養われるだけでなく、役に立たないといけないのだ。

少ししてから、サリーに気になっていたことをぶつけてみた。

「サリーは人間の魔法使いの弟子になるの？」

これ、聞きたかったんだ。

「ええ、アルカディアの下働きは嫌なの」

それは、そうだよ！　私も本音を言うと下働きは嫌だもん。

でも、優れた人間の薬師に入門料を払うのは金銭的に無理だし、いい加減な薬師なんかお断りだ。人の命が懸かっているんだからね。

「私は、アルカディアの薬師の弟子になりそうなのよ」

自分で言っても、テンション下がるよ。

下働きしながら修業、ハードモードだね。

「ああ、でも、魔法使いとは違うもの！」

サリーに慰めてもらう。

「サリーは何歳から魔法使いの弟子になるの？」

サリーったら、ふぅとため息をついた。〇歳児なのにね！

「二歳くらいには弟子になりたいわ。夏には赤ちゃんも生まれるし、若者小屋には行きたくないもの」

「えっ、若者小屋は三歳からでしょう？　そう聞いたけど、違うの？」

「まぁ、三歳からだけど、下の子が生まれたら若者小屋に行く子も多いのよ。前にここにいたマックとヨナの二人も、二歳になったら若者小屋に行くと張り切っているわ」

多分、ジミーもそうだろう。

狩人スキルを持っている森の人《エルフ》は、体育会系のノリだからね。

私とサリーの話を聞いていたワンナ婆さんが、笑いながら言う。

「ミクの家は新婚だから、次々と子どもが生まれるよ！」

ワンナ婆さん、お姉ちゃんになるのは嬉《うれ》しいけど、ベビーベッドを置く場所がなくなるよ。

私のベビーベッドは、初めは木の箱だったけど、少しずつ大きなものになっている。

今は起きたら両親のベッドの下に収納しているけど、三人目が生まれたら小さな家で寝る場所がなくなるから、ピンチかも？

「夏になったら、サリーもミクもヨハン爺さんの所で生活に必要な知識を得た方が良いよ。うちにも赤ちゃんが三人来る予定だからね」

エルフは子どもが生まれにくいイメージを持っていたけど、子沢山だよ。

「村に全員は住めないわね？」

村には二十軒程度しか小屋はない。

「ははは、これから夏にかけてはお見合いのシーズンさ。結婚するのは十五歳からだけど、十歳ぐらいから自分の好きな村の若者小屋に移ったり、人間の町で冒険者になったりするのさ。そこで結婚資金を貯める若者もいる」

はぁ、そりゃ、全員が村に住めるわけじゃないのは当たり前だけど、なかなか生きにくそう。

「森の人《エルフ》の冒険者は優秀だし、人間の冒険者グループから引き抜きが多いと聞いたわ」

サリーは、若者小屋にいるお兄ちゃんとお姉ちゃんから、あれこれ聞いているみたい。

「冒険者って危険じゃないの？」

なんて聞いたら、笑われたよ。

「森の魔物の方が危険だよ。それに、森の人《エルフ》が持つ狩人のスキルは強いからね。人間よりも優秀なのさ」

ワンナ婆さんも、森の人《エルフ》は人間よりも上だと考えているのかな？

「でも、人間は森の人《エルフ》の何十倍もいるし、国も大きいと聞いているわ」

へぇ、やはり国もあるんだね。

「ああ、だから国同士で戦ってばかりなのさ。森に住む根性がないから、平たい土地を取り合って暮らしているんだよ」

畑とか作るなら、森の中より平たい土地の方が良いよね。それに、森には魔物が多いみたい。お肉は美味《おい》しいけどさ。

どうやら、森の人《エルフ》には人間嫌いの人も多いようだ。なんて思っていたけど、違ったよ！

若者小屋のお兄ちゃんやお姉ちゃん達は、かなり外に出たがっている人が多いみたい。

外の方がお金が稼げる！　ってのが本音だね！　若者小屋のお兄ちゃんやお姉ちゃんは、いつかは村に帰って結婚するかもしれないけど、冒険者になって荒稼ぎしたいみたい。それと、狭い世界にうんざりしている人も多いようだ。

狩りをして、芋を食べて、たまに麦のお粥《かゆ》やパンを食べる。この繰り返しの日々では嫌になる森の人《エルフ》も多いと思う。

親は基本的に村での生活を望んでここに住んでいるから、ジミーも影響を受けているけど、若者小屋で外の情報が耳に入ると、気持ちが変わってくるみたい。

「まぁ、外に出たい者は出たら良いし、残りたい者は残ったら良いのさ」

ワンナ婆さんは、外の世界は知らないけど、亡くなった旦那さんが外で冒険者をしていたみたい。

だから、良い面と悪い面があるのも知っている。

「森の人《エルフ》だって、良い人もいれば悪い人もいる。人間だって同じだよ」

ワンナ婆さんは、サリーに言い聞かせている。

人間の町で魔法使いの弟子になるから心配なのかも。

ただ、人間の成長は遅いし、三十歳を過ぎたら老けていくみたい。それって、前世の人間と同じだよね？　やはり、森の人《エルフ》は特別な種族なのだろう。

早く成長して、七十歳ぐらいまで若々しいのは良いよね！　寿命が八十歳ぐらいなのは、私が読んでいたファンタジーのエルフと違うけどさ。


芋を植えてから、三日目、土から芽が出たよ！

「大きくなぁれ！　大きくなぁれ！　芋よ、大きくなぁれ！」

歌いながら、柄杓で水を掛ける。


ワンナ婆さんの家の前の芋も芽を出していた。

水をやってから、家に入る。

「やはり、ミクに頼んで良かったよ。これなら、冬が来るまでに三回は芋を収穫できそうだね」

芋ばかりじゃなく、他の野菜も食べたい。

「他の野菜の種はないの？」

ワンナ婆さんも、これなら他の野菜も収穫できそうだと考えてるみたい。

「いつもは簡単な芋しか植えないけど、ミクなら上手《うま》く育てられそうだね。行商人が来たら、種を買ってみようか」

うん、それが良いと思う。色々な野菜が食べたいし、豆やとうもろこしも欲しいからね。

水やりが終わったから、サリーとチビちゃん達と遊ぶ。あっち向いてホイ！　はかなりブームになっている。簡単だし、面白いからね。

チビちゃん達が飽きてきたので、外で走ることにした。

春になったから、村の中ならワンナ婆さんの家の中に居なくても良くなったのだ。

でもまだ寒いから、少しだけ外を走り回ったら、ワンナ婆さんの家で休憩する。

「走れる！　嬉しい！」

前世では、走るのは厳禁だった。でも、今度は丈夫な身体《からだ》だから、平気！

まだ赤ちゃんっぽいチビちゃん達と同じぐらいの速さでしか走れないけど、そんなの関係ないよ。

いや、少し悔しいけどさ。

サリーも春になったのが嬉しいのか、一緒に村の中を走る。サリーと私は同じぐらいのスピードだけど、サリーは全力じゃないからね。軽く走っている感じ。

気遣いのできるサリーなら、人間の町でも大丈夫だと思う。


「ミクの家とワンナ婆さんの家の菜園は、もう葉っぱが茂っているわ」

そう、他の家の菜園と比べると一目瞭然だよ。

「私は、植物を育てるスキルがあるから」

サリーが気づくぐらいだから、他の大人も気づく。

「うちの菜園の管理もしてくれないか？」

ワンナ婆さんの家から帰る時に、サリーのパパから頼まれたよ。

「採れた芋の四分の一をあげるから、水やりを頼む」

それは、嬉しい！

パパとママも了承したから、明日からは家とサリーの家とワンナ婆さんの家の菜園の水やりだ。


「ふん、ふん、ふん！　ふん、ふん、ふん！」

ご機嫌で大きくなぁれと唱えながら、三箇所分の水やりを終え、ワンナ婆さんの家に入る。


植えてから三週間で芋が収穫できたから、菜園のお手伝いはサリーの家だけに留まらなくなった。

「収穫できたばかりの芋を植えるのは勿体《もったい》ないけど、少し切って植えましょう。早く行商人が来たら良いのだけど……」

畝はママとパパに作ってもらうけど、新芋は嬉しい！

小さな村だから、全員に知られた。

「うちの菜園の水やりもしてほしい！」

「いや、うちは子どもが一緒に遊んだ仲じゃないか！」

家の前で喧嘩《けんか》だよ。

「皆、静まれ！　皆がミクの能力に目の色を変えるのも分かるが、喧嘩はいけない。ミクは、自分の家とワンナ婆さんの家の水やりは続けなさい。後は、もう二軒ずつ交代で水やりをしたら良い。

それと、若者小屋の菜園の管理はしてやってほしい」

村長さんの提案で、私は自分の家の菜園、ワンナ婆さんの菜園、若者小屋の菜園と、後は順番に二軒ずつ水やりをすることに決まった。

五軒分だけど、水やりの水は汲んでおいてもらうことになったから、柄杓で水をやるだけだ。

家のは、水汲みからだけどね！

ワンナ婆さんの所は、保育料が半分になる。他のは収穫物の四分の一だ。


「芋は、もう十分かも？」

家の分とワンナ婆さんとサリーの家からもらう四分の一の芋だ。

それに、家とワンナ婆さんの所は二回目の芋の葉が茂っているからね。

「芋を焼いても美味しそうよ」

暖炉の熾火《おきび》に埋めてじっくりと焼くと、前世の焼き芋っぽい味になった。

ツルで増えるさつまいも系じゃなく、種芋で増えるじゃがいも系なんだけど、さつまいもを焼き芋にしたように甘い。

「料理スキルも馬鹿にできないな」

塩をちょこっとつけたら、もっと美味しい！

「早く行商人が来ないかしら？」

ママが待ちかねているけど、私も早く来てほしい。

若者小屋の菜園の管理は、簡単だよ。畝は作ってあったし、植える芋も桶に出してあった。

何故、村長が若者小屋の菜園の管理を頼んだか？　これまで菜園をほったらかしていたからだ。

「家庭を持ったら、菜園も管理できないと困るのに、近頃の若者は狩りの腕前を上げることにしか興味がないのだ。料理も肉を焼くだけだし、野菜を食べないと皮膚も荒れてブツブツだらけだ」

それは思春期のニキビだと思うけど、確かに肌荒れが酷い人が多い。

他の村人は、ワンナ婆さん以外は夫婦で住んでいるから、野菜も最低限は食べている。

「ミク、もう収穫できそうだな！」

サリーのお兄ちゃんのサムが声を掛けてくれた。

「うん、次も芋なの？」

サムは肩をすくめている。

「芋なら、鍋で茹《ゆ》でたら食べられるからな」

ふー、こりゃ駄目だ！

「熾火に埋めておいたら、美味しい焼き芋になるよ。塩をちょこっとつけたら、何個でも食べられるのに！」

サムに頼まれて、採れたての芋を熾火に埋めてあげる。

「ほら、簡単でしょ！　狩りに行く前に埋めておけば、帰ったら食べられるわよ」

サムはあまり真剣には聞いてなかったけど、忘れないかな？

次の日、新しい芋を植えていたら、サムに感謝されたよ。

「ミク、茹でるより焼いた方が美味しいよ！」

わらわらと若者小屋のお兄ちゃんやお姉ちゃん達が寄ってきて、芋の焼き方を教えてくれと頼む。

「熾火に埋めておくだけだよ！」

全員が芋を埋めに行ったみたい。

この村、ママだけでなく、料理ができる人が少なすぎるよ！

でも、いずれは出て行くのだから、簡単なものしか教えない。それに、材料も少なすぎるんだ。

特に調味料がね。

「行商人が来るの、遅すぎるよ！」

靴も欲しいけど、それは村の中だけだから良い。

やはり、種が欲しいな！　なんて不満に思っていたら、ジミーがやってくれました。

「これ、やるよ！」

丁度、ジミーの家の菜園の水やりをしていたら、声を掛けられた。

ヨハン爺さんと森へ薪拾いと、春の植物採取に行って帰ったところみたい。

「これ、何？」

「種だってさ」

よく分からないけど、木苺《きいちご》系の実の乾燥したものみたいだ。

「ありがとう！　この実がなったら、半分あげるわね！」

ジミーはニカッと笑う。

「また取ってくる！」

うん、私は夏になったら村の外にヨハン爺さんと行くけど、まだ大人ほどは速く走れないんだ。

本当に森の人《エルフ》って、前世なら国際競技大会のチャンピオンになれそうなほど、足が速いんだもん。

いや、それより速いかも？　それに木から木へと跳んで移動もするんだよ。

私とサリーは、チビちゃん達が屋根の上を跳んでいるのを下で眺めている。

「身体強化系だから、仕方ないわよ」

うん、そう思う。槍《やり》や弓のスキルだけど、身体強化も含まれていそうだ。

「風の魔法も使えるようになれば、空を飛べるそうよ」

サリーは負けず嫌いだね。私は地に足をつけていたいよ。植物系のスキルだからかな？


「ジミーが拾ってきたのって、木苺《ブラックベリー》だったのね！」

家の横に植えたら、蔓《つる》が伸びて、家を覆うほどに成長した。

「うん、採るのを手伝ってよ。少し分けるわ」

チビちゃん達も手伝ってくれたし、サリーも私も手の届く所は採ったよ。

途中から、ジミーも帰ってきたので手伝ってくれた。

籠四杯が満杯になったから、ジミーに二籠あげると言ったら、一籠だけで良いという。

「皆で分けよう！」

私は使いたいことがあるから、一籠もらう。後の二籠をサリーとチビちゃん達で分けた。

「今度からは、俺の分は良いよ。次の種を採ってくる」

ジミーは、良い子だね。


私はデザートで半分食べて、残りの半分はガラスの容器に入れて、天然酵母を作るつもりだった。

なので、家でママとパパに相談してみることにした。

「ガラスの容器？　そんなのないわよ！」

そう、忘れていたけど、家は貧乏なのだ。

「それが欲しいなら、行商人から買うしかないな。多分、高いぞ」

ふう、貧乏って悲しいね！

それなら、デザートで食べよう！　それと、乾燥させても良いな。次々と実はなりそうだから。

妹か弟が生まれるのは秋だ。その頃には、もう木苺は実らないだろうけど、乾燥木苺でも美味しいかもね。

その日の夕食は豪華だった。デザートがあるのは初めてだからね。


村の皆が待っていた行商人がやっと来た。これって相手の方がかなり有利だよね。

まぁ、森の奥まで品物を運んでくる労力を考えたら、値段は高くても仕方ないのかな？

こちらから町まで売りに行くのは駄目なのかしら？

なんて考えていたけど、三台の荷馬車と護衛の人達が乗っている馬を見て、わくわくが止まらなくなった。

「パパ、馬って大きいね！」

前世でも実物の馬は見たことがなかったから、初馬だよ。神父さんはロバに乗ってきたけどね。

馬はテレビでは見ていたけど、綺麗だし、目が可愛《かわい》いな。

「ああ、馬があれば町に買い物に行けるのだが……アルカディアには何十頭も馬がいるそうだぞ」

いない理由は森の人《エルフ》は馬を飼わないからではなく、貧乏で買えないからだね。

「いつか、パパに馬を買ってあげるよ！」

前世では親孝行なんかできなかったから、薬師になって馬を買ってあげよう！

「ミク、馬は高いし、飼うのも大変だから良いよ。それに森の人《エルフ》の狩人は馬よりも足が速いからな！」

それは、そうかも？　でも、荷物はいっぱい運べないよ。

荷馬車は村の中に入り、集会場の前で止まった。村中の人がわらわらと集まっている。

「カーマインさん、遅かったな！」

村長さんが商人の代表らしい太った男の人と話している。

「バンズ村長、今年は雪が溶けるのが遅かったから仕方ないですよ」

そういえば、初めての人間なのかも？　森の人《エルフ》で太った人は今のところ見たことがない。

でも、行商人の中で太っているのは、カーマインさんだけで、護衛の人は背が高くてがっしりしているし、若い行商人はガリガリで背が低い。

別に不細工ではないけど、ごく普通の人間なんだろう。髪の毛は全員が茶色で、濃淡があるだけだった。全体的に地味な感じだよ。青や緑の髪の毛の人もいない。

これって森の人《エルフ》だけなの？　だとしたら、人間の町ですぐに森の人《エルフ》と分かるのかな？　森の人《エルフ》は、基本的に美形が多い。不細工な森の人《エルフ》に会ったことがないよ。

先ずは、冬の間に貯《た》めた革や角などを売るみたい。それを売り買いするのは、代表の太ったカーマインさんと村長さんだ。

でも、そのお金を分配してもらわないと、商品は買えないんだけどね。

「布を見せて！」

女の人は、支払いは後で！　とばかりに、布に殺到している。

男の人の方が「麦の方が必要だろう」と冷静だ。

子どもには、小さな棒の飴《あめ》が配られた。やったね！　初スイーツだよ。薄荷《ハッカ》の味がする。

荷馬車から売り物を出して、台の上に並べていくのを見ているだけで、ウキウキしちゃう。

「何を買うのかしら？」

サリーと二人で並んで、棒飴を舐《な》めながらお喋《しゃべ》りする。

「ママは布と麦を買うと言っていたわ」

サリーの家も同じみたい。

夏には赤ちゃんが生まれるから、布を買うのだ。お古も着せるけど、やはり布は必要だもの。

それと、ガラスの瓶！　調味料とか……塩味だけだからね。

これから夏にヨハン爺さんと森に行くから、ハーブとか探したいな。

ピカピカの新品の鍋やフライパンも欲しいけど、余分な物を買うお金はない。

魔物の革や毛皮、角がどっさりと荷馬車に載せられた。

そして、村長さんが革の袋を受け取る。

「幾らなのかな？」

サリーは、それよりもママが買う布に集中している。

「あれは、私の服用かしら？」

赤ちゃんの服は生成りだし、今私が着ているのも生成りだ。

大人の服は茶色に染めたりしているものもあるけど、子どもはあっという間に着られなくなるから、生成りオンリーだよ。

でも、サリーのママが手に取っている布は、薄い緑色だ。

前世みたいな鮮やかな色の生地ではないけど、なかなか可愛い服になりそう。

ちょっと羨ましいな。

「サリー、二歳で町に行くって本当なの？」

サリーは秋の終わりに生まれた。少しだけ私よりお姉さんだ。

それと、上にお兄さんとお姉さんがいるから、情報通だよ。

「来年の秋に来る行商人に連れて行ってもらうかも？　それまでに神父さんに師匠を決めてもらえたらだけどね」

とにかく、今年と来年の秋までは一緒に遊べるのだ。

私はギリギリ三歳まで家に居たいな。でも、今年の秋に赤ちゃんが生まれる。次の年も生まれたら、二歳でアルカディアに行くことになるかも？　若者小屋に入るのは、狩人だけだから。

二歳や三歳で独立！　厳しすぎるよ！　だから、皆は狩人になりたがるのかも？　若者小屋では十年以上も暮らせるからね。その後は、冒険者になったり、結婚したりする人が多いけど、他の村を巡ったりするのも楽しいのかも？

行商人が来ても、子どもの私達は棒飴をもらっただけで、商品とかを近くでは見られない。

だって、大人がびっしり商品の周りにいるからだ。

「ママが種を買ってくれたら良いのだけど……」

ガラスの瓶は諦めたよ。布と麦だけで、お金はなくなりそうだから。

「あっ、パパが矢を売っているわ」

冬の間に個人で作った物も売る。

うちは、パパの木工細工の器と革の小袋だよ。

サリーの家は、矢をいっぱい作ったみたい。

ワンナ婆さんも、冬の間せっせと編んでいたセーターや膝掛けを売っている。

その代金と貯めた子どもの預かり賃で、小麦を買うのだ。種を買うのを忘れないと良いな。

ママとパパが種を買うのを忘れるか、買えなくても、ワンナ婆さんが買ったら、四分の一はもらえるからね。

ママが布を抱えて、私の前までやって来た。

「ミク、種と靴のどちらが欲しいの？」

う〜ん、どちらも欲しいけど、見てみたい！

「見てから決めては駄目？」

ママはパパに布を渡すと、私の手を引いて周りの大人をかき分けて、商品の前まで連れていく。

「この靴を買ったら、種は買えないわ」

前世のモカシンみたいな靴で、これなら縫えば良さそう。

「手に取って見ても良いですか？」

若い商人に訊ねたら「どうぞ」と渡してくれた。

ふむ、ふむ、底は木でできている。底に穴を開けて、革の紐《ひも》で上の部分を縫い付けているのだ。

うん、この底ならパパが作ってくれそう。穴も開けてくれたら、後はなんとかするよ！

「ありがとう！　種は何があるの？」

靴を返して、種を出してもらう。

茶色い小袋に、字が書いてある。

「豆、とうもろこし、ナス、人参《にんじん》、かぼちゃ、菜葉、トマト、キュウリ、玉ねぎ、キャベツ、かぶ……こんなところかな？」

私はもっと甘い瓜《うり》とかあるんじゃないかと期待していたけど、それは期待しすぎだったね。

「ママ、靴は秋で良いから、種を買って！」

サリーに聞いたけど、夏は裸足《はだし》が基本だからね。

「おや、おや、靴より種かい？　変わったお嬢ちゃんだね。なら、これもおまけしておこう！」

カーマインさんが、ガサゴソと種子の入った箱の底から、小さな白い紙袋を出した。

「何なの？」

袋には名前も書いてなかった。

「ははは、これを上手く育てたら、甘い物が食べられるよ」

私はドキドキしながら白い袋を開けた。

小さな黒い種、これは……スイカだよね？

「もっと暖かい地方じゃないと実はならないかもしれないけど、試しに植えてごらん」

どうやら間違えて持ってきたみたい。

でも、頑張って育ててみよう！

行商人達は、その日は村長さんの家に泊まった。

村中が何となく浮ついた雰囲気だ。お酒を買った人もいるからかも？

家で買った物を並べて、ママはウキウキしている。

「小麦が少ないかもな」

パパは少し心配そうだ。冬に小麦が足りなくなったからね。

「芋がいっぱいあるわ」

ママの言うことも合っている。お粥にするなら、芋を潰して食べても良いのだ。

「ミク、靴は買わなくて良かったのか？　夏はヨハン爺さんと村の外にも出るんだぞ」

あっ、裸足じゃ駄目じゃん！

「パパ、こんな感じの靴の底を作ってほしいの。上の革の部分は、私が作るわ！」

暖炉の灰の上に靴底の絵を描く。

パパは早速木を薄く切って、靴底を作ってくれた。穴も開けてもらったよ。

後は、ショートブーツっぽくするつもり！

靴の形に二枚ずつ革を切って、それを縫い合わせて、途中からは穴を開けて、革紐をクロスして通して括《くく》る。底とは革紐で縫い合わせる。これは、かなり難しそう。

「今日はここまでにしよう！」

だって、今晩は新しい小麦で、久しぶりのお粥だもの！　芋には少し飽きているんだよ。

「ミク、種を蒔《ま》くのは、行商人が出発してからにした方が良いぞ」

うん？　朝一に蒔くつもりだったけど？

「そうね！　ミクの能力は人間にバレない方が良いわ。大きな農地を作らせるのに便利だとさらわれたら困るもの」

それは困るけど……やはり人間の町は怖そうだ。サリー、大丈夫かな？

行商人達は朝も商品を並べていた。買い忘れた物を、買いに行く村人も多い。

それと、若者小屋のお兄ちゃんやお姉ちゃん達は、昨日は女の人達の迫力でゆっくりと買えなかったみたいだ。個人的に狩った魔物の革や角を売って、布やナイフを買っている。

小麦とかの生活必需品は、村長さんが若者小屋の取り分で買ったみたい。

だって、三歳から十歳の子どもだからね。

何人かは十三歳ぐらいの人もいるけど、まだ大人ではない。

まぁ、私やサリーは三歳か二歳で修業に出るんだけどさ。やはり、サリーもアルカディアに行った方が良いんじゃないかな？

アルカディアならまだ三歳だと分かってもらえるけど、人間は見かけで十歳以上だと思うだろうから。

でも、それはサリーと親が考えることで、私は自分のするべきことをするしかない。ちょこっとサリーに言ってはみるけどね。

私は〇歳だけど、前世の記憶があるから、ちょこっとだけ有利なんだ。まぁ、ほとんどベッドで過ごしていたから、実体験は少ないけどさ。その代わり、本はいっぱい読んだし、料理番組はママと見ていたからね。

この異常なまでに成長の早い身体と能力は認めるけど、社会的には子どもは子どもとして扱うべ

いけど、生活面を見るとまだ親の助けが必要そうなんだもの。

若者小屋の菜園を作って、より実感したんだ。狩りの能力は大人と引けは取らないのかもしれないけど、生活面を見るとまだ親の助けが必要そうなんだもの。

つまり、部屋は掃除していないから汚いし、チラッと見えた寝室の布団とかもぐちゃぐちゃだ。

家は貧乏で物が少ないってのもあるけど、ママとパパがスッキリと片付けて掃除もしている。

それに、起きたら布団もキチンと整えている。

私も自分の小さなベッドの布団をキチンとするようにママに言われて、やっているよ。まぁ、キチンとしないと、親のベッドの下にしまえないってのもあるけどさ。

若者小屋＝無秩序なティーンエージャーの汚部屋！　イメージ悪いから、もし三人目が生まれたら、私も二歳でアルカディアに行くかもね。

下働きって何をするのか分からないけど、きっと掃除とかするんじゃないかな？

ということで、ママとパパが狩りに出かけた後、家の掃除をする。

一人の時に火は使ってはいけないと言われているから、料理はパス。

本当は買ってもらった種を蒔きたいけど、行商人が出発するまで禁止されたから、箒《ほうき》で床をはいておこう。

外の雪は溶けたけど、まだぬかるんだ土だから、床にも泥がいっぱいだ。

床を綺麗に掃除するなら、雑巾かモップで拭く方が良いのだろうけど、まだぬかるんでいるから、無駄だよね。

掃除を終えて、ワンナ婆さんの家に行こうとしたら、行商人の馬車が出発した。

「種を蒔いてから、行こう！」

芋が植えてあるから、端にもう一本畝を作る。

「ハァハァ……〇歳で畝を作るのはしんどいよ」

でも、私の十日前に生まれたジミーは軽々と作っていたのだ。

これってスキルが違うから？

植物育成スキルだと、自力で畝を作る必要がありそうなんだけど？

「まだ寒い日もあるから、トマト、キュウリ、ナス、とうもろこしも駄目よね？　豆にしようかな？　それともかぶ？　玉ねぎとキャベツも欲しい」

何にしようかな？　豆の種は、豆だね！　かぶの種は小さいから、何本かは間引いた方が良いかも？　玉ねぎとキャベツは、苗を作ってからだ。

芋が収穫できるまでは、苗を作るために、玉ねぎとキャベツの種を少しずつ蒔いておく。失敗したくないからね。

「大きくなぁれ！　大きくなぁれ！」

水をやって、後は若者小屋と頼まれている二軒の菜園の水やりも済ませて、ワンナ婆さんの家に行く。

外の菜園の水やりを済ませてから、家に入ったら、新入りの赤ちゃんが一人増えていた。

綺麗な青色の髪がふわふわで生まれたばかりみたい。

「この子は、昨夜、生まれたばかりなのさ」

ええぇ、産んだばかりでママは狩りに行ったの？　子どもにも厳しい世界だけど、ママにも厳しいよ！

今日はサリーと一緒に赤ちゃんのお世話だけど、お人形さん遊びとも言えるね。

オマルでおしっこをさせたり、ズボンを上げてあげたり、お姉ちゃんになった気分。

お昼のお粥、今日のは特に柔らかく炊いてあるけど、サリーと二人で匙《さじ》で潰しながら赤ちゃんに食べさせる。

「おいちぃ」

うん、この世界の森の人《エルフ》の赤ちゃんは、生後二日目から離乳食だし、喋れるんだよね。

改めてビックリだ。今いるおチビちゃん達は三日目から来たんだもん。もう少し幼児っぽかったような？


「ミク、これは失敗したのかい？」

何日かして、玉ねぎとキャベツの苗が育っているのを見て、パパが笑う。

「違うよ！　これは玉ねぎとキャベツの苗なの。芋を収穫したら、間を空けて苗を植えるの。今日ぐらいで芋が採れると思うわ」

パパも芋には少し飽きているみたい。でも、私の料理スキルを忘れているんじゃないかな？

「今日は、脂をいっぱいもらって来てね！」

ママとパパに変な顔をされたよ。

「蠟燭《ろうそく》は秋に作るのよ。夏はなかなか暗くならないから、蠟燭は必要ないわ」

そうか、ここはかなり北だから、白夜とかあるのかな？

そこまではなくても、なかなか日が沈まないんだね。

「料理に使うの！」

肉は納屋にあるから、私の言う通りにしてくれた。脂身を細かく切って、鍋に入れ、少しだけお水を入れて、ラード擬《もど》きを作る。

芋なら、フライドポテトでしょう！　前世では心臓が悪かったから、塩分と油分は制限されていた。

でも、どうしても食べたくて、家で少し作って食べさせてもらったんだ。塩分控えめ、勿論、ラードじゃなくてヘルシーな油だったけどね。

少し経《た》つと、脂身から油が溶けて、小さな茶色い塊がプカプカ浮いてきた。

その茶色い塊を、ナイフを使って一日がかりで作った菜箸で拾う。

予《あらかじ》めよく洗って切っておいた皮付きの芋を油の中に入れると、ジャーって大きな音がした。

パパがサッと私を抱き上げて、鍋から離す。

「ミク、大丈夫か？」

そう言いながらも、パパの鼻はヒクヒクしている。

「うん、少し水気が残っていたのかも？」

そろそろ良さそうだけど、一本取って揚がっているか試したい。

「パパ、下ろして！」

頼んでも下ろしてくれないから、ママに菜箸を渡して「一本取って食べてみて！」と頼む。

「これで芋を摘むの？」

あっ、菜箸は無理だったかな？　と思ったけど、一本取って、木の皿に置く。

「熱いから、注意して食べてみてね。中まで火が通っていたら、全部取って皿に置いてほしいの」

「アチチッ、美味しい！」

うん、でも塩はまだ振ってないんだけどね。

私は油の近くに寄らせてもらえないので、ママがフライドポテトを木の皿に全部あけてくれた。

「これに塩を振って食べるの。油は明日も使えるわ」

ママが慌てて、暖炉の端に鍋を寄せる。

さぁ、塩をパラパラと振って食べよう！

「美味しいな！」

パパも大満足みたい。私も一本食べる。

「あああ、美味しい！」

三人であっという間に食べちゃった。

「これ、また作ってくれ！」

パパがママに頼んでいる。

「肉が余った時だけ、脂身をもらって作るわ。でも、春から夏は狩りも楽だし、脂身は人気がないから、もらいやすいかもね」

やったね！　これからもフライドポテトが食べられそう。

前世では、一本か二本しか食べてはいけなかったから、ジャンクフードに飢えているんだ。

でも、この世界にはジャンクフードなんてなさそうだけどね。

せっかく健康な身体に生まれたのだから、何とかしてジャンクフードを作って食べよう！


前世のママは私の看病の為《ため》に仕事も辞めて、ずっと家にいたから、家庭菜園もしていたんだ。

テレビでもよく見ていたけど、私は畑仕事なんて無理だった。

ただ、トマトとかナスとかは、同じ場所に何回も植えたら駄目だってことは覚えている。

肥料、馬の糞《ふん》とかが良いみたいだけど、人糞《じんぷん》はねぇ……ちょっと避けたい気分。

石灰はないけど、灰はある。

後は、腐葉土！

これまで収穫した芋の茎や、皮や生ゴミ、それに落ち葉を家の裏に積み上げて、時々混ぜていた。

なかなか良い感じのふわふわな腐葉土になっているよ。

「夏になったら、森で落ち葉をいっぱい拾ってこよう！　うん？　森には腐葉土もあるかもね！」

針葉樹も多いけど、落葉樹もあるみたいだからね。

ちなみに、オマルの中身は村の外の穴に捨てている。それに手をつける気はないよ！

第三章　魔の森の春

長かった冬がやっと終わり、春が来たと思ったらグンと緑が深くなってきた。

春に植えた芋を収穫したら、玉ねぎとキャベツの苗を植える前に、ママとパパに手伝ってもらって、菜園の土に灰と腐葉土を混ぜ込んでいく。

「畝《うね》を作ってくれたら、後は私がするわ」

間隔を空けながら、玉ねぎとキャベツの苗を植えていく。

一畝には人参《にんじん》の種を蒔《ま》くつもりだ。

「芋、玉ねぎ、キャベツ、人参！　常備野菜があれば、料理の幅が広がるよ！」

ただ、香辛料がないのがネックだから、ハーブを探したい。

その為《ため》に、今日の私は手仕事持参で、ワンナ婆《ばあ》さんの家に行く予定だ。靴を作らないと、ヨハン爺《じい》さんに森へ連れて行ってもらえないからね。

いつも通り、若者小屋と二軒の菜園の水やりをしてワンナ婆さんの家に行く。

「あれっ？　芋が収穫されているけど？」

まぁ、うちの芋も収穫したのだから、不思議ではない。

私は、明日ぐらいかな？　と思っていただけだよ。

「ワンナ婆さん、次の芋は？」

ニンマリと笑って、戸棚から種の袋を出してきた。

「芋ばっかりでは飽きるからね。まぁ、芋の潰したのは離乳食にもなるから、役には立つけどさ」

まぁね！

何の種があるのか、見てみると、私が持っていないアスパラがあった。

「ええ、こんなのなかったわ！」

「先に買ったからね。でも、アスパラガスは夏の野菜だから、植えるなら人参と玉ねぎかな？」

「ワンナ婆さん、かぶとキャベツの種は？」

ワンナ婆さんが、少し鼻にシワを寄せる。

「かぶとキャベツは嫌いだよ」

まぁ、ワンナ婆さんの菜園なんだから、自分の好きな野菜を植えたら良い。

「玉ねぎは苗を作ってから植えるわ。人参は種を蒔くわね！」

人参は生で齧《かじ》るのが好きみたいだから、二本の畝に蒔く。

この日は、底と靴の部分を縫い付ける作業で終わった。革に穴を開けてから縫うから時間がかかるんだよ。

「ミクは器用だね。それに植物を育てるスキルも便利だよ」

お昼は芋を湯がいて潰したものだった。前世のマッシュポテトみたいだね。バターと胡椒《こしょう》があるともっと美味《おい》しいのかも。

でも、離乳食っぽいから、赤ちゃんには良いかもね。美味しそうにパクパク食べている。

サリーと私は、少し不満だけどさ。

「これなら、丸ごとの芋の方が食べた感じがするわ」

まぁ、その通りだよ。

それに、芋一個分より少ない気がする。ケチッているんじゃないの？

サリーと目を合わせて『ワンナ婆さんはケチ』と口パクで文句を言う。

年を取って耳が少し遠いワンナ婆さんだけど、悪口は小さな声でも何故《なぜ》か聞こえるんだ。拳骨《げんこつ》を落とされるから、要注意だよ。

ふと、サリーが思い出したように宣言する。

「土が乾いたら、ヨハン爺さんに森に連れて行ってもらうつもりよ！」

あっ、聞くの忘れていたけど、お弁当とかはないのかな？

「私も連れて行ってくれるかな？　ねぇ、お昼はどうするの？」

サリーに呆《あき》れられた。

「狩人達《かりゅうどたち》はお昼を食べないわ。だから、ヨハン爺さんと一緒に森に行ったら、食べられないと思うわよ」

えええ、それは嫌だよ！

転生してから、食べたいだけ食べられるのが楽しみなんだもん！

前世で体調が悪い時は、水すら飲むのが辛《つら》かった。

点滴でなんとか生きていた時間が長かったから、芋だろうが、お粥《かゆ》だろうが、食べるのが楽しみなんだ。

「焼いた芋を持って行ったら駄目かしら？」

サリーに「駄目じゃないけど、本気？」と言われちゃったけど、持って行こう！

「ははは、ヨハン爺さんの驚く顔が目に浮かぶよ」

ワンナ婆さんも呆れたみたい。

「駄目かなぁ？」

少し考えて、笑う。

「いや、小物は狩るかもしれないが、基本は食べられる植物の採取や薪《まき》拾いだからね。でも、これからの季節は、水は持って行った方が良いよ」

「確かに、喉が渇くかも？」

家には、水筒というか革袋が一個あるけど、ママが狩りに持って行っている。

「私のを一緒に飲んだら良いよ。その代わり芋を二つ持ってきて！」

サリーと協力することにした。

家には芋がどっさりあるからね！

人参の芽が出たけど、少し間引かないといけない。

「ミク、芽を引っこ抜くのか？」

パパが心配そうだけど、ちょっとびっしり蒔きすぎた。

「このままじゃあ、小さな人参しか採れないわ」

ママも首を捻《ひね》っている。

「人参ってこのくらいじゃないの？」

指一本分が、普通の人参なの？

そういえば、ワンナ婆さんも生で食べるのが好きだと言っていたね。

でも、もう少し大きな人参が欲しいから、少し間引くよ。

間引いた芽は、スープに入れる予定！　スプラウトって栄養があった筈《はず》。

「ママ、パパ、骨をもらってきてね！」

変な顔をしたけど、二人とも頷《うなず》いてくれた。

この前のフライドポテトが美味しかったから、料理スキル持ちの私の言うことを信頼することにしたみたい。

若者小屋の芋も、もう収穫できる。

サムに伝えておく。

「もう芋は良いんじゃないかな？　焼き芋は美味しいし簡単だけど、芋はかなり貯《た》まっているんだ。ちょっと飽きたよ」

だろうね！

「なら、もう植えなくて良いかな？」

サムは肩をすくめているけど、村長さんに聞いてみよう。

村長さんの家に行ったら、狩りに出かけた後だった。まぁ、夕方に聞くよ！


ワンナ婆さんの人参の芽は、少な目に間引く。小さな人参を生で齧るのが好きみたいだからね。

この日はサリーと村を走り回ったり、野苺《のいちご》を摘んで食べたり、籠に入れたりしたよ。

チビちゃん達も手伝ってくれた。

けれど、赤ちゃんはまだ下の方にある野苺しか取れないし、籠には入れずにそのまま口に入れちゃうから、ワンナ婆さんの家に連れて行った。

「もっと野苺が食べたい！」

分かるけど、あまりいっぱい食べたら、お腹《なか》が緩くなるんだ。

ははは、実感がこもっているでしょう？

ジミーがヨハン爺さんと薪を背負って帰ってきた。

「ミク、これをやる」

相変わらず口数は少ないけど、ジミーは良い奴《やつ》だよ。

「これって、無患子《むくろじ》？」

うん！　と頷く。

洗礼式の前に桶《おけ》でお風呂に入った時に使ったよ。

その時のは、前の年の秋に採った物だったから、黒くてしなびていた。

ジミーがくれたのは、まだ小さいけど若草色の無患子だ。

「これも栽培できるかしら？」

できたら、嬉《うれ》しい！　森にちょこっと生えているだけだからね。

家で髪の毛を洗う時にいっぱい泡立てたいんだけど、数粒しかママが使わせてくれないんだ。

「これを菜園に植えるのか？」

ヨハン爺さんは、食えもしないのにと難しい顔だ。

「大きな木に育つから、村の外の方が良いのだけど……これは魔物は食べないよね？」

「苦いからな！　うん、村の近くにあれば、婆さんに採って来いと言われても楽だな。ミク、植える間の護衛をしてやるぞ！」

全部取られたら植える意味がないけど、半分は私にくれると約束してくれた。

畝もヨハン爺さんが見張っている間に、ジミーが作ってくれたよ。半分は私、後の半分はヨハン爺さんとジミーが採ることになった。

「後で、村長に言っておくよ」

他の村人が勝手に採ったら困るからね。少しなら平気だけどさ。


「そろそろ、森の中も土が乾いてきたぞ！　近場から森歩きしよう」

ヨハン爺さんの呼びかけに、サリーと一緒に行くことに決めた。

チビちゃん達も行きたそうな顔をしていたけど、ヨハン爺さんは「半年過ぎないと駄目だ」と断った。

私って、ギリ半年過ぎてないんじゃない？　十二月生まれで、今は多分五月だから。

それにジミーなんか、春になった途端に行っていたよね？

まぁ、ヨハン爺さんなりの判断基準があるんだろう。それか、無患子の栽培がよほど嬉しかったのかもね？　奥さんに「採ってきて！」と言われても、なかなか見つからないのかも。

無患子は石垣の外なので水やりはできないけど、土に手をついて「大きくなってね！」と前を通る度に、念じることにする。

「パパ、ママ！　明日からは、ヨハン爺さんが森に連れて行ってくれるんだって！」

パパは、私を抱き上げで喜んでくれた。

「ミクも一人前だな！」

ははは、狩人にはならないけどね。

「あっ、村長さんに話があるんだ！」


大人の狩人達が大きな獲物を持って帰ってきた。

これから解体して、肉を分配するのだ。

「村長さん、ちょっと良いですか？」

一人抜けても平気そうだから、村長さんは立ち止まった。

「ミク、何かな？」

「若者小屋の菜園、サムが芋はもういらないと言ったのです。で、どうしたら良いのかなと思って」

村長さんが少し考えて、頷く。

「もう三回収穫したのだな。なら十分だな。また秋になったら、冬の保存用の芋を作ってやってほしい」

やっぱりね！　なら、少し頼んでも良いかな？

「作物を作らなくてもいい空きスペースを貸してもらっても良いでしょうか？　野菜を作りたいの」

村長さんは、腕を組んで考えている。

「良いけど、ミクだけ特別に使ったら、他の村の連中が文句を言いそうだから、その空きスペースで作った作物の半分は若者小屋にやってくれないか？」

えええ、私は靴を買うのを諦めて種を買ったんだよ！

「種はこちら持ちなのに、半分はないです！　せめて三分の一！」

村長さんは「畝は作らせるから、半分やってくれないか？」と粘る。

村長さんと話し合っているのに気づいたママとパパがやって来た。

「何を話しているんだ？」

私が説明すると、ママが笑う。

「若者小屋の連中に野菜なんか料理できないよ！」

それって、数年前まで若者小屋にいたママが言うと、実感がこもっているよね。

「でも、野菜も食べないと。肌が荒れているじゃないか」

ふぅ、と二人がため息をついた。

「それは、若者はニキビがあるから」

村長さんは、自分の若い頃のニキビ面を少し思い出す必要がありそう。

「ミクは料理スキルも持っていたよな。空きスペースを使っている間、その見返りとして夕食に簡単なスープを作ってくれたら、若者小屋に渡すのは三分の一で良いよ」

う〜ん、考えちゃう。だって、若者小屋って汚部屋なんだもん。

「うちの子をあんな汚い所にはやれない！　私がいた頃は、もう少し綺麗《きれい》だったわ」

確かに、ママは料理と裁縫は苦手だけど、掃除はちゃんとしているもの。

「そうなんだよ！　それも困っている。夏の交流会もあるのに、あのザマでは村の恥になるぞ」

村長さん、それは若者小屋の人達に言ってよ！

村長さんは、獲物を解体している若者小屋の人達の所に向かって行く。

「ちょっと手を止めて、話を聞いてくれ！」

ああん？　って態度で、若者達は解体の手を止めて、立ち上がった。

「何ですか？」

サムが聞き役みたい。

「夏に、若者小屋の交流会があるのは知っているな？」

全員が嬉しそうに頷く。

だって、同じ村の者同士の結婚は駄目だ！　って親に叩《たた》き込《こ》まれているからね。

「それで、あの汚い小屋に他の村の若者を寝させるのか？」

明日は、どうやら大掃除をしなくてはいけないみたいだね！

ブツブツ文句を言っているけど、村長さんの命令だから従わなきゃ！


次の日の朝は少し早く起きて、芋を熾火《おきび》に四個埋めて、菜園の水やりをした。

若者小屋の前の菜園は、まだ芋が収穫されていなかったから、パスしたけどね。

そしていつもの通りにワンナ婆さんの家へ向かう。

「おやおや、今日からはヨハン爺さんとの森歩きなんだね。ううん、ならミクに人参の四分の一はあげなきゃいけないね。これまでは預り賃を半額にしていたけど、もう赤ちゃんは卒業だからね」

そう、今までは預かり賃を半額にしてもらっていたのだ。

種芋や種が畑の所有者持ちの時は、四分の一。私の種を使うなら三分の二をもらうんだ。

「人参、好きなのに良いの？」

ははは……とワンナ婆さんは笑う。

「前に食べたいから種を買ったけど、上手《うま》く育てられなかったから、良いんだよ。それより、遅れるよ！」

おお、そうだった！　慌てて家に帰って、籠を背負い肩からポシェットを掛ける。ポシェットの中には、木を薄く削って作成したシートみたいなものに四個の焼き芋を包んで入れる。

ナイフはベルトに挟み、ナタを手に持って村の出入り口のひとつまで走る。

「遅いぞ！」

ヨハン爺さんに叱られたけど、サリーは「私も今来たところよ」と笑って言った。

「今日からサリーとミクも森歩きだ。注意する点を言っておく。魔物が出たら、木に登れ！　わしとジミーで狩るから、邪魔にならないようにするのだぞ」

まぁ、私とサリーには狩人のスキルはないからね。

「それと、これを渡しておくから、いざという時には笛を吹け。吹くのは木に登ってからだぞ」

木登りできるかな？

「あのう、木登り苦手なんだけど……」

サリーも、チビちゃん達みたいに家の屋根で跳んだりしていないもんね。

「ええぇ、そうなのか？　なら、今日は木登りの練習からだな」

ヨハン爺さんに、ため息をつかれたよ。

笛は木でできていて、紐《ひも》で首から下げられるようになっている。

「ピー！　と強く吹くのは、魔物が出た時だ。ピーピーピーは迷子になった時だな」

吹き方の練習をして、村から出る。

無患子を植えた時にちょこっと出たことがあるだけなんだよね。

「ヨハン爺さん、無患子を育てていくね！」

門の横にある無患子を植えた土地に手をついて「大きくなぁれ！」と唱えてから、走ってサリーの横に行く。


村のすぐ外にある開けた場所を通る。

魔物が出なければ、ここに小麦を植えたいよ！

「ミク、ここに作物を植えても、魔物に食べられるだけだ」

そうなんだよね！　一日中、見張っていられないもの。前世でも鹿とか猪《いのしし》とかの農作物被害がニュースになっていた。まして、魔物が出る森の中だからね。

木々が生い茂る森の中の小道を歩く。

「ほら、雪で折れた小枝とかを拾いながら歩くんだぞ」

慣れた様子のジミーは小道からやや外れた所で小枝を拾っているので、サリーと私も近くの小枝を拾う。

森の中を進んだ先で、ヨハン爺さんは足を止めた。

「ジミーは薪を拾っておけ。サリーとミクは木登りの練習だ。先《ま》ずは、どの木が登りやすそうか見極めろ！」

サリーと二人で、キョロキョロ見渡す。

「さっさと見極めて登らないと、魔物に喰《く》われるぞ！」

私は手を伸ばせば枝に届きそうな木にする。

「なかなか良い木を選んだな！　サリーも早く選んで登れ！」

私の方が先に木を選んだけど、サリーの方が登るのは早かった。

「ミクは……まぁ、練習あるのみだな！」

鈍臭い！　と言いかけて、ヨハン爺さんはやめたみたい。

私が持っているのは、植物育成スキルと料理スキルと薬師スキルだもんね。身体強化系の狩人のスキル持ちとは違うよ。

まだサリーの風の魔法スキルの方が、森歩きには役に立ちそうだよ。

「ミク、その枝の高さでは、魔物がジャンプしたら喰われるぞ。もっと上まで登れ！」

前世では木に登ったことはなかった。

初木登りなのに、割とスルスル登れるのは森の人《エルフ》特性なのかもね？

「そこからジャンプして降りられるか？」

無茶《むちゃ》言うね！　でも、サリーはピョンと飛び降りている。

私は、二枝分だけ降りてから、飛び降りるよ。

「ふぅ、夏の間に特訓が必要だな」

ヨハン爺さんに、しごかれそう！

でも、森の中を自由に移動できるようになりたい。

「はい！」と元気よく返事したら、苦笑された。


木の枝を拾いながらもう少し奥に進むと、小川が流れていた。

「言っておくが、水がある場所には魔物が集まる。だから、油断しないように！　こら、ミク！

聞いているか？」

聞いているけど、あれって水セリだよね！

「ヨハン爺さん、あれって食べられそう！」

植物育成スキルのおかげで、食べ物かどうかが分かるみたい。それか、料理スキルでかも？　どちらにしても、ラッキーだよ。似ていても毒がある植物もあるからね。

「食べられるのか？　なら、採取して良い。見張っておく」

一本採って、小川で洗って口に入れる。

「ホロ苦いけど、サッとゆがいたら美味しそう！」

サリーやジミーも真似《まね》をする。

「苦い！」

ジミーはペッと吐き出した。

「どれどれ？」

ヨハン爺さんは、もぐもぐ食べている。

「見張っておくから、わしのも採ってくれ」

三人で水セリを採る。全部は採らずに残しておくよ。全部採ったら、次から生えなくなるからね。

それに、これからは毎日森歩きだから、いつでも欲しいだけ採れる。

「さて、もっと奥に行くぞ！　できたら、小物を狩りたい」

ジミーとヨハン爺さんは弓と矢を持ってきている。静かに歩く練習も必要なのかも？

「こんなに足音がうるさかったら、何も出てこないな」

サリーと私の足音は、ヨハン爺さんとジミーのより倍ぐらい大きい。

「静かに歩く練習をしながら、小枝を拾うのだ」

うん、難しいよ。でも、必要なのかもね？

かなり森の奥に入ったと思ったけど、狩人達は見かけない。つまり、まだそんなに奥じゃないのかも？

「ミク、あっち！」

あら？　滅多《めった》に口を開かないジミーが珍しい。

「ああ、もう少ししたら、あそこら辺にはコケモモが生える」

それは良いな！

「成長させても良いかな？」

ヨハン爺さんも頷いているから、ジミーに案内してもらって、コケモモの芽が出ている地面に手をついて「大きくなぁれ！」と唱えておく。

もう少し歩いたら、お腹が空《す》いてきた。

「ヨハン爺さん、焼き芋を持ってきたので食べましょう」

ヨハン爺さんは少し呆れたみたいだけど、ちょこっと小高くなった岩場でお昼にする。

「森で昼飯を食べるなんて、初めてだ！」

薄く削った木に包んだ焼き芋を皆に分ける。

「うん？　わしのもあるのか？」

一人だけで食べたりしないよ。

「美味しい！」

サリーはもう皮を剥《む》いて食べている。

「うまいな！」

ジミーの家では湯がくだけなのかな？

ヨハン爺さんも美味しそうに焼き芋を食べている。

「焼いた芋は美味しいな！」

焼き芋一個だから、あっという間に食べたよ。

サリーの革袋から水をもらって飲んだら、森歩きに戻る。

「今日は、初日だから疲れる前に引き返そう！」

ヨハン爺さんは、子どもの森歩きに慣れているから、無理はさせない。それに、これから秋まで
ずっと大雨じゃない日は森歩きだからね。

帰る時は、小道から外れた所を歩いた。

「シッ！」

私とサリーは、立ち止まって静かにする。

ヨハン爺さんは、ジミーに狩らせるつもりみたいだ。

遠くに兎《うさぎ》に角が生えたのが一匹見える。

シュバ！　ジミーの矢が当たった！

「まだだ！」

ヨハン爺さんが小声で指示を出す。

えっ？　ああ、もう一匹いたんだ。

シュ！　外れたと思ったら、シュバ！　っとヨハン爺さんの矢が射止めた。

「この時期のアルミラージは番《つが》いが多い。覚えておけ！」

ちょっと悔しそうなジミーだけど、〇歳で狩りをしているのって凄《すご》すぎるよ！

角兎の脚を縄で括《くく》って、籠にぶら下げると、村に帰った。

前世だったら、可哀想《かわいそう》とか思ったのかもしれないけど、狩人の村に生まれたからか、美味しそう！　って思っちゃうんだよね。

サッと湯がいた水セリと、角兎のソテー！　涎《よだれ》が出ちゃう。

なんて呑気《のんき》に帰ったけど、村の様子が少し変だ。

「何事だ」

ヨハン爺さんも少し眉を顰《ひそ》めている。埃《ほこり》っぽいというか、空気が悪い。

「若者小屋の大掃除だわ」

サリーが笑っているけど、二十人ほどの若者小屋の人達は不機嫌そうに洗濯をしたり、布団を干している。

臭いのは、布団だ！

「この布団は、洗わないといけないな！　羽根を取り出して、布団の生地を洗うのだ」

村長さんは狩りに行かないで掃除の監督をしているけど、今から洗ったら今夜は布団なしになるよ。

次々と帰ってくる狩人達も、臭い布団に眉を顰めている。

「不潔にしていると、魔物に逃げられるぞ！」

村長さんは「明日は、朝から布団を洗うぞ！」と厳命して、若者小屋の人達からブーイングを受けていた。

でも、村の狩人全員から「綺麗になるまで狩りは禁止だ！」と怒られて、若者小屋のお兄ちゃんやお姉ちゃん達が肩を落としている。

特にお姉ちゃん達は「私達は臭くないわよ！」と抗議したそうだ。確かに男の子よりはまだ綺麗かもね。

ヨハン爺さんも「アイツらを躾《しつ》け直す必要があるけど……ワンナ婆さんは、赤ちゃんのお守りだし……ルミは掃除が上手いが、狩りに行きたいだろうなぁ」とブツブツ言っている。

「セナ婆さんは？」

ジミーの言葉に、ヨハン爺さんが笑う。

「確かにアイツなら、若者を躾け直せるだろう。少し若者達が気の毒だけどな」

セナ婆さんはヨハン爺さんの奥さんだ。もう、狩りには行ってないけど、家で織物をしている。

行商人が来ない期間は、村で布が欲しくなったら、セナ婆さんに頼むしかないのだ。

村長さんも同じ考えに行き着いて、明日からはセナ婆さんが、若者小屋の監督をすることになった。

「明日は、布団を洗うから一日中監督をするけど、その後は、朝にチェックするだけだよ。私は織物をしなくちゃいけないからね」

ちゃんと掃除して布団をキチンとしないと、狩りには行かせない！　と村の大人が決めたみたい。

その日の夜は、ママとパパがもらってきた鳥系の魔物の骨でスープを作って、芋を煮込んだシチユーにする。

それに、サッと湯がいた水セリを散らしたら、春の味がした。

「美味しいわ！」

ママとパパは大絶賛だ。

「骨は皆欲しがらないから、今度からは絶対にもらおう！」

狩人の村って出汁《だし》とか取らないのかな？　まぁ、競争率が低い方が良いけどね。

「森歩きは、どうだった？」

私はヨハン爺さんに習ったことを報告する。

「木に登ったのと、小川で水セリを採ったわ。サリーは木の高い所から飛び降りられるの。ジミーは足音が静かだし、アルミラージを一匹狩ったわ」

「もう一匹いなかったか？」

やはりこの時期は番いでいるのが狩人の常識みたい。

「それは、ヨハン爺さんが狩ったの」

ああ、前世でも夕飯を食べながら学校であったことを両親に話したかったなぁ。

セナ婆さんは、厳しかった。私が起きた時には、もう若者小屋の布団を洗わせていたからね。

「とっとと干さないと夜は布団なしになるよ！」

それに、芋も収穫させていた。

「ミク、小屋も綺麗にさせるから、夜のスープだけでも作ってやってくれ！　その代わり、ここの菜園は好きに使って良いから。まぁ、少し野菜を食べさせてやってほしいが……」

セナ婆さんが「はっきり決めた方が良い」と言ってくれた。

「ええっと、若者小屋の取り分は四分の一でどうかな？」

前に言われていたのは三分の一だったので、私の取り分が増えたなら、それで良いよ。

「それで良いです！　でも、水汲《みずく》みはしておいてほしいな」

居間には大きな鍋があった。それに大きな水瓶《みずがめ》もね！

「よし、それはさせておくよ」

セナ婆さんに任せよう！

ここには、連作できないトマトかナスを植えるつもりなんだ。でも、まだ早いから、玉ねぎとキャベツの苗、そして人参の種を蒔く。

水やりをしてから、ヨハン爺さん達が待っている門まで走る。

「ハハハ、うちの婆さんと色々話していたな」

ヨハン爺さんは、自分があれこれ命令される時間が少なくなって嬉しいみたい。

今日は、ハーブを見つけたいな！

ヨハン爺さん的には、木から木への移動ができるようになるのが目標みたいだ。

ジミーはすぐに合格しそうだけど、私とサリーは無理じゃないの？　でも、なるべく足音を立てないように歩きながら、小枝を拾うよ。

「今日は、少し違う道を行くぞ！」

昨日は、小川が途中にあったけど、今度は沼地に出た。澄んだ水ではなく、少し濁った緑色っぽい水が溜まっている。

「ここには、魔物が多く集まるのだ」

少し緊張するけど、それより、あれって蓮《はす》だよね！

沼地に入るの、少し勇気がいるけど、靴を脱ぐ。

「ミク？　何をする気だ？」

ヨハン爺さんは、靴を脱いだ私を不審に思ったみたい。

「あの根っこは食べられるの！」

全員に呆れられたよ。

「魔物が出るぞ」

あっ、そうなんだけど……食べたい！

「毒蛙《どくがえる》が出たら、ジミー、撃つんだ！」

ヨハン爺さんも靴を脱いで、ズボンの裾を巻き上げてついて来てくれた。

蓮根《れんこん》って、掘るの大変だね！

ナタで沼地を掘って、ヨハン爺さんと引っ張って抜く。

何本か抜いていたら、大きな蛙が出てきた。

幼児と同じぐらいの大きさの蛙って、超キモい！　一瞬、目が合って固まってしまった。

「ゲロ！」と鳴いた瞬間には、ジミーの矢が当たっていたよ。

「毒蛙だけど、毒袋を破かなければ、なかなか美味《うま》いのだ。それに、この皮は水筒にできるぞ」

見た目は美味しそうに見えないけど、ジミーは嬉しそうに籠にぶら下げている。あまり近づきたくない気分だ。

私は、蓮根を一本ずつ分けようとしたけど「食べ方が分からん」と断られた。

「なら、雨の日に料理して持って行くわ」

蓮根の挟み揚げ、蓮根まんじゅう、好きだったよ。作れるかは分からないけどね。肉と炒《いた》めただけでも美味しそう！

「ああ、普段の日は賄いスープを作るから忙しそうだものな」

そうなんだよね！　○歳児なのに、まるで賄いの小母《おば》ちゃんだよ。

草で沼地の泥を拭き取って、森歩きを続ける。

「お昼にしましょう！」

ヨハン爺さんも、焼き芋お昼に慣れたみたい。

少し小高くなっていて、座れる岩がある場所に連れて行ってもらう。ここなら魔物が近づくのがすぐに分かるからかも？

「この芋って、熾火に埋めたらできるのよ」

サリーとジミーとヨハン爺さんに教えておく。

サッサと食べたら、もっと奥へと進む。

少し歩いたら川に出た。そこから山が見えたんだ。

「あれは？」

「あれはスミナ山だ。夏には、塩を取りに行くのさ」

かなり遠そうだけど？　あそこまで歩いて行って塩を運んでくるんだね。

「皆で、日帰りで行くのさ」

うん、普通の人間なら数日かかりそう。

なんて呑気な話をしている場合ではなかった。水辺には、魔物も出やすいけど、植物も色々生えているんだ！

「あっ、タイムとフェンネルだわ！」

これって植物育成スキル？

料理スキルのお陰？

前世では名前を知ってるだけのハーブでもすぐに分かる。

「あっちにはミント！」

ミントは園芸の敵！　って言われるほど蔓延《はびこ》るから菜園には植えないけど、門の外なら勝手に生えるんじゃないかな？

「根っこごと持って帰りたいです！」

ヨハン爺さんも、私の植物採取に慣れたみたい。

「わしとジミーで見張っておくよ」

いそいそと、タイム、フェンネル、ミントを根っこごと採る。焼き芋を包んでいたシートに包んで、籠に入れるよ。

「これを刻んで肉を焼く時に振ったら、肉の臭みがなくなって美味しくなるのよ」

そして、少し歩いた場所でローズマリーを見つけた。

これは木になっているから、根っこからは持って帰れない。挿し木にして増やそう。

「サリーも持って帰ったら？　良い香りなのよ」

手で葉っぱを触っただけで、ローズマリーの香りがする。

「本当ね！　これはどうやって使うの？」

肉を焼く時に使えば風味が良くなるし、芋と肉を炒めるのにも使えると言ったら、ヨハン爺さんもジミーも何本か枝を切って籠に入れる。

「ミクって、不思議ね？　だって初めて見た植物でも料理にどう使えばいいのか分かるなんて！」

サリーに言われて、前世の記憶なのか、スキルのお陰なのか、首を捻っちゃうよ。

「まぁ、料理スキルと植物育成スキル持ちだからな！　食物のことは、ミクに任せたら良さそうだ」

後は、ニンニクとか生姜《しょうが》とか、砂糖が欲しい。蜂蜜でも良いし、楓糖《ふうとう》でもね！

ローリエは、ないかも？　寒い地方みたいだから。

「秋になったら野葡萄《のぶどう》もあるから、ミクに栽培してほしい。酒が作れるからな」

お酒や、調味料にしても良いけど、多分飲まれちゃいそう。

どうも、私といるとヨハン爺さんも食べ物の話が多くなる傾向があるよ。

でも、一日目と違って、木登りは格段に早くなった。

何故、木登りしたのか？　大きな魔物と遭遇したからだ。

「ミク、サリー！　木に登れ！　ジミーもだ」

ジミーは一瞬躊躇《ためら》ったけど、背負い籠を置いて、弓矢だけ背負ったまま素早く木に登った。

ヨハン爺さんも、私達が木に登ったのを見てから、一瞬で木の上に跳び上がった。

ピー！　と鋭い音で笛を吹く。

こちらの足音でも逃げる魔物が多いのに？　と思ったけど、大型魔物は、そんなことは気にしないみたい。

ドシドシドシ、凄い音を立てて、こちらに走ってくる。

「ジミー、弓では無理だから、撃つな！」

現れたのは、大きな熊だった。

それに、爪が凄く長くて、細い木なんか一撃で倒している。

ヨハン爺さんはもう一度、ピー！　と笛を吹く。

熊はヨハン爺さんの登った木を揺さぶっている。怖い！

折れちゃいそう！　と思ったら、ヨハン爺さんは、他の木に跳び移って、またピー！　と鋭い音で笛を吹く。

熊は、ヨハン爺さんの跳び移った木に突撃する。でも、また跳び移って、笛を鋭く吹く。

私は木のかなり上まで登って、小さくなって隠れているけど、ドキドキが止まらない。サリーやジミーも音を立てないようにじっとしている。

ヨハン爺さんは、熊の気を引いているのだ。私達の登った木から、少しずつ遠くに誘導している。

『見つかったら、木を倒されて、殺されちゃう！』

魔の森だとか、魔物がいるのは知っていたけど、こんなに怖い目に遭ったのは初めてだ。ドキドキ、ドキドキ、鼓動がうるさい。

何時間も経《た》った気がしたけど、数分のことだったみたい。

木の間を移動しながら、村の狩人達がやって来た。魔物が出たというヨハン爺さんの笛を聞きつけたのだ。

何本かの矢が刺さったが、熊はより怒っただけだ。

でも、足は止まった。ママの矢が関節を射抜いたのだ。

足が止まった熊を、サリーパパの槍《やり》とうちのパパの斧《おの》で倒した。

「ミク、大丈夫か？」

パパが私のいる枝に跳んで来たよ。

「うん、大丈夫！」とは言ったけど、ぶるぶる震えちゃった。

パパは私を持ち上げて地面に飛び降り、ママが抱っこしてくれたよ。

「こんな熊を取り逃すな！」

狩人達は、ヨハン爺さんに叱られている。

ここはまだ村に近い森みたいだ。大型の魔物を村に近づけないのは、狩人の決まりみたい。

「ああ、悪かったよ！」

サリーやジミーも親に抱っこされている。ジミーは下ろしてほしいって顔をしているけどね。

今日の森歩きはここで終わりにして、村に帰る。

狩人達は、大きな熊を解体してから運ぶみたい。

「弓では倒せない魔物がいるんだ」

弓スキル持ちのジミーは、ショックみたい。

「目を射抜けば、倒せるさ！　だが、それには地上から撃たないといけない。協力して狩りをすることを覚えないと早死にするぞ。それに鳥系の魔物は斧では狩りにくい」

少し考えて、ジミーは頷いた。

「足を止めたのは弓だ！」

ヨハン爺さんは、ポンと肩を叩いている。

うん、ここはやはり狩人の村なんだ。このままだと、私は一生賄いの小母さんをするだけよ。そんなのは嫌だ！

村長さんは、菜園を作ったり、若者小屋の食事の世話をしてくれたら良いって言うけど、狩人が優遇される村では肩身が狭い。

それに、前世でお世話になった薬剤師さんみたいに、薬師になって病気の人を助けたい。

「ここは私の住むべき村じゃないわ」

「うん！　そうだね」

サリーと顔を見合って、黙って手を繋《つな》いで村まで歩いた。

幕間　人参《にんじん》を齧《かじ》りながら（ワンナ婆《ばあ》さん視点）

私が村の子守りをし始めてもう二十年近くになる。連れ合いを亡くし、狩りに行くのが億劫《おっくう》になったので、村の子どもを預かって金を稼ぐようになったのだ。

去年の十二月に預かったミクは、私が初めて預かったルミの娘だ。

「年を取る筈《はず》だね……」

ついこの前まで赤ちゃんだったルミが子どもを産んだのだ。

ミクは、ルミに似た金髪で可愛《かわい》い子だが……少し違うね。数ヶ月前に預かったサリーと一緒の感じがする。

「この子は他所《よそ》に行く子だね」

最初の子なのに、ルミは悲しまないだろうか？　ルミの祖父と私は兄妹《きょうだい》だから、気になるんだ。

まぁ、そんなことを言い出したら、バンズ村の大体の人が親戚になるんだけどね。

ミクは手のかからない赤ちゃんだし、仲間の子ども達とも喧嘩《けんか》をしないで、遊んでいる。

ただ一つ、大きな欠点がある。

「ワンナ婆さん、森の人《エルフ》は魔の森に何故《なぜ》住んでいるの？」

私は子どもを預かりながら編み物をしているんだが、ミクときたら、何？　何故？　と質問が多い。

「昔から住んでいるんだよ」

面倒だからいい加減に答えると、より多くの質問が返ってくる。

「昔からっていつからなの？」

「そんなの知らないよ！　ほら、サリーと遊んでいな！」

追い払っても、また違う質問をしにくるのだけは困ったもんだね。


春になって神父さんがやって来た。やはりサリーとミクは、狩人《かりゅうど》のスキル持ちではなかった。

「サリーは人間の町に行くのかい？」

親が反対するだろうにね。

でも、サリーはこの小さな村では魔法使いの修業もできないし、仕方ないのだろう。魔法使いは、人間の町ではエリートだそうだから、良い暮らしができると思うよ。

問題は、ミクだよ。植物育成スキルと料理スキルと薬師のスキル。

阿呆《あほう》な村長は、薬師のスキルしか役に立たないだろうなんて言っていたが、私は違うと思うね。

村長は、狩人の村の常識にとらわれすぎているのさ。ミクが変わっているると知っているのは、赤ちゃんの時から子守りをしている私が一番知っているのさ。

あの質問攻め、尋常じゃないからね。普通の子も質問をしてくるけど、百人以上も見てきた私が閉口したのはミクだけさ。

「ミク、うちの菜園の芋を作ってくれないか？　預かり賃を半額にするよ」

まぁ、先《ま》ずは様子を見てみよう。ミクは畝《うね》を作れないというから、ジミーにさせた。

案の定、芋の芽があっという間に出て、葉っぱが繁《しげ》り、三週間で芋が収穫できたよ。本当にびっくりするね。私はバンズ村では長生きの方だけど、こんなスキル持ちを見るのは初めてさ。

その頃になると、村の他の連中もミクの能力に目を向け出した。遅いんだよ！　村長と同じくボンクラだね。

わいわい、自分の菜園も育ててくれと騒いでいる連中を村長は鎮めて、ミクの自分の菜園、私の菜園、若者小屋の菜園、それに後二箇所を順番に作らせることを決めた。

「ふふん、村長も分かっているじゃないか！」

私の菜園を外さなかったのは、褒めてやろう。アイツの子も子守りしてやったからね。

親から預かり賃はもらうけど、昼食を食べさせるから、芋はいくらあっても良いのさ。湯がいて潰せば、離乳食にもなるからね。

若者小屋は甘やかしすぎだとは思ったが、どうやらミクが他の野菜も育てたいと考えているからだと後で分かった。

ミクが行商人から種を買おうとしているのに気づいたが、子どもはなかなか近くに寄れない。大人が行商人の荷馬車の周りを取り巻いているからね。

「ワンナ婆さん、このセーターと膝掛けを買うよ」

子守りをしながら編んだ物を売って、私は種を買っておいた。先に好きな種を選べて良かったよ。

行商人が出ていくまでは、ミクに植物育成スキルを使わせない方が良いね。この能力がバレたら、さらわれてしまうかもしれないから。まぁ、村長や親がついているんだ、大丈夫だろう。

「おや、遅いね！」

行商人が出て行ったから、きっと種を蒔《ま》いていたのだろう。ふふふ、私も芋を掘っておいたよ。準備万端さ。

「ワンナ婆さん、次の芋は？」

ニンマリと笑って、戸棚から種の袋を出した。

「芋ばっかりでは飽きるからね。まぁ、芋の潰したのは離乳食にもなるから、役には立つけどさ」

ミクはアスパラガスの種に驚いている。

「えええ、こんなのなかったわ！」

「先に買ったからね。でも、アスパラガスは夏の野菜だから、植えるなら人参と玉ねぎかな？」

「ワンナ婆さん、かぶとキャベツは？」

「かぶとキャベツは嫌いだよ。人参は齧るのが好きだから多めに作っておくれ」

後はミクに任せるよ。植物育成スキルがあるんだから、上手《うま》く育ててくれるだろう。

ただ、夏になるとミクはヨハン爺《じい》さんと森歩きを始めるから、預かり賃の半額じゃあ駄目になったね。少し分けてやらないといけない。

それにミクがいないと、赤ちゃんのお守りが大変だ。あの子は変な遊びを思いついて、よく面倒を見てくれていたからね。

「ワンナ、ミクは何処《どこ》か悪いのか？」

ヨハン爺さんが森歩きの後で、顔を出した。

「いや、狩人のスキルを持っていないから、少し鈍臭いんじゃないかい？」

預かった子の中でも、運動神経は悪い方だったね。その分、色々と賢いみたいだったけどさ。

「そうか、サリーも狩人のスキル持ちじゃないし、あの二人の指導は苦労しそうだ」

そんなことを言っていた癖に、ヨハン爺さんときたら、ミクが採る蓮根《れんこん》やハーブなどにすぐに夢中になったんだからね。それに、無患子《むくろじ》を村の外で育ててもらっている。奥さんのセナの尻に敷かれているから、これからは無患子を探し歩かなくても良くなったんだ。しっかりと指導するんだよ。

まぁ、手間のかかる子ほど可愛いのかもしれないね。私は、ミクが作ってくれた人参を齧りながら、あの子が薬師になるまで生きてはいないだろうと少し残念な気持ちになった。

「村長は今頃、逃した獲物は大きかったと後悔しているだろうよ」

まぁ、転んでもタダでは起きない村長だから、ミクに若者小屋の交流会のご馳走《ちそう》を作ってもらったりしているがね。お陰様で、バンズ村はかなり好評みたいだよ。

「いつか、有名な薬師になったら、子守りの婆さんのことなんか忘れてしまうんだろうね」

それは、それで良い。私は十分に生きた。これからは、若い子の時代なんだからね。

「よし、もう一本人参を食べよう」

生きているうちに、好きな物を食べておかなきゃね！

第四章　夏から秋は忙しい！

大きな熊が出た森歩きの後、小物の魔物以外出会うこともなく、夏が来た！

この異世界でも、一年は十二ヶ月で、ひと月は三十日みたい。カレンダーなんてバンズ村にはないから、大人達が話しているのを聞いて、そう思っただけどさ。それと、村長さんが日誌っぽいのをつけているそうだ。ただ、私が生まれた日も十二月の中頃って感じのいい加減な感じだけどね。

冬が十一月から四月の中旬まで、四月の終わりから六月が短い春、七月から八月が短い夏、九月から十月が秋。つまり、冬がすっごく長い感じ！　だから、短い春と夏は、とても嬉《うれ》しいんだ。

私とサリーは木と木が近い時は、なんとか跳び移れるようになった。これ、凄《すご》くない？　前世だったら、忍者になれそうだよね！

でも、ジミーはぴょんぴょん跳び移って、単独で森の奥へ行っては珍しい植物があったら案内してくれる。お陰で、色々なベリー類が手に入ったよ。それに、花も色々ね！　特に役に立ちそうなのが、ひまわりと百合《ゆり》と生姜《しょうが》とニンニク！

ひまわりは、速成させて、種を村の前の開けた土地にいっぱい蒔《ま》いた。今は、花が咲いてとても綺麗《きれい》な風景になっているけど、それが目的じゃない。ひまわりの種って食べられるし、油も取れるんだ。

百合や生姜の花って綺麗なんだよね！　根っこは食べられるしさ！　これは魔物も食べそうだから、庭の横に植えたよ。

木苺《きいちご》に覆われた小屋の横に生姜と百合とニンニクの花が咲いていて、すごくフェミニンだ。

木苺系は各家で育てていて、サリーの家はラズベリー、ジミーの家はクランベリー、ヨハン爺《じい》さんの家はブルーベリーに覆われている。

コケモモは採って、村人にも少しお裾分けした。熊に襲われそうになった時、お世話になったからね。

それと、蓮根《れんこん》は肉と炒《いた》めて、三人の家に配ったら、ヨハン爺さんは気に入ったみたいで、沼地へ行く頻度が上がった。脚が泥に汚れるのは、ちょっと嫌だけど、蓮根は美味《おい》しいから、気にならない。

夏野菜と豆を収穫できるようになってから、スープの味がぐんと良くなった。特にトマトは、調味料になるからね。異世界の野菜、前世の野菜と似ている物が多い。なのに魔物がいるのが凄く不思議。

トマトと人参《にんじん》と豆と芋を煮込んだスープ、ミネストローネ擬《もど》きは、若者小屋でも大人気だ。

かぼちゃスープ、とうもろこしスープも人気だけど、キャベツスープとかぶのスープは少し不人気だから、肉を入れて作っている。


夏の交流会が始まって、そこに他の村の八歳以上の若者がやって来た。

結婚相手を選ぶには早い三歳から七歳の子は、各自の実家に戻っている。

「わぁ、バンズ村って凄く綺麗だな！」

急に村の人口密度が増えた気がするよ。

先《ま》ずは、村の前のひまわりの群生を見て、他所《よそ》の村の若者達が驚いていた。それに、各家の菜園も野菜がどっさりなっているから、目がまん丸だよ。

他の村も狩人《かりゅうど》の村だから、芋を夏に一回作る程度みたい。

「今日は、トマトの入ったスープにしてほしい」

サリーのお兄ちゃんのサムに頼まれたから、ミネストローネ擬きを作った。

今年の春に十歳になった若者達の大勢が村を出て、人間の町で冒険者になったから、八歳のサムが急にリーダーになり、全く掃除とか考えてなかったみたい。

でも、セナ婆《ばあ》さんの監督のお陰で、若者小屋も綺麗に保てている。

バンズ村に他の村の若者がやって来て、少し浮かれた感じの空気が流れている。いつも同じ村人だけで暮らしているから、合コンみないなノリが村中を活気づけているのかもね。

「交流会だから、今日の森歩きは休みだ！　今夜は満月だし、酒盛りをするぞ」

ヨハン爺さんは、家でお酒を飲むみたい。

「ヨハン爺さんは、単にお酒が飲みたいだけじゃないの？」

サリーは早く森歩きを卒業したいから、少し文句を言っている。

「そうね、何でも良いから、お酒を飲む理由が欲しいのよ」

セナ婆さんはちょっと厳しいみたいだから、普段はお酒が飲めないのかもね。

森歩きが休みになったから、私はいつもは作らない凝った料理を作る。

先ずは、小麦を挽《ひ》いて、細かな小麦粉にする。家には石臼がないから、集会場の石臼を使って、ゴリゴリ挽く。そして、木のボウルにお湯と塩を入れて混ぜたところに、小麦粉を加えて、練って一纏《ひとまと》めになったら、布巾を被《かぶ》せて寝かせる。

その間に、中に入れる具を作る。かぼちゃ餡《あん》とキャベツと玉ねぎと肉を細かくした前世の餃子《ギョーザ》の具っぽいのを作った。

寝かせていたのが少し膨らんでいるから、これを四十個に切り分ける。半分をかぼちゃお焼き、もう半分を肉まん風お焼きにする。

本当はセイロで蒸したいけど、フライパンに油をひいて、先ずはかぼちゃお焼きを並べる。

パパに作ってもらった木の蓋をして、片面を焼いたらひっくり返して、ちょっとしたら水を少し入れて蓋をして蒸し焼きにする。

「一口大だから、サリー、ジミー、ワンナ婆さん、ヨハン爺さんの家に分けてあげよう！」

肉まん風のも焼き終えて、木の皿に並べる。

「サリーの家は、若者小屋からお姉ちゃんが家に帰っているから、四人！　ジミーの家は三人！　ワンナ婆さんは一人！　ヨハン爺さんは二人！」

家には二十個！　これは、明日焼き直しても美味しいし、森歩きに持って行っても良い。

なんて考えていたけど、村長さんが料理の匂いを嗅ぎつけてやって来た。

「ミク、それは何だい？」

思わず隠しそうになったけど、村長さんには色々とお世話になっているからね。若者小屋の前の菜園を使わせてもらっているから、野菜がいっぱい作れるのだ。

「お焼きよ！」と簡単に答えておく。

「一個、銅貨一枚で売ってくれないか？」

野菜はいっぱいあるけど、私はお金を持っていない。秋の行商人が来る時にガラス瓶が欲しいんだ！

「良いけど……かぼちゃ餡は甘いわ。キャベツ、玉ねぎ、肉餡は、塩味とニンニク味なの」

村長さんは「銅貨二枚で、どちらも欲しい！」と我儘《わがまま》を言い出した。

椅子に座ってもらい、木のコップにミントティーを淹《い》れてあげる。前は、白湯《さゆ》オンリーだったけど、村の前に植えたミントが蔓延《はびこ》っているから、ひまわりの種を植える時に、サリーとジミーに手伝ってもらってかなり引っこ抜いたのだ。

フレッシュミントティーも良いけど、ほとんど冬の為《ため》に乾かしている。家の中はミントの束がいっぱいぶら下がっているよ。

「うん、やはり美味しい！　ミクの料理は素晴らしいな」

匂いで駆けつけて来たんだもんね！　お焼きを二個、ペロリと食べた。

ミントティーを飲んで、村長さんと交渉開始だ！　負けないぞ！

「なぁ、ミク、これを若者小屋に差し入れしてくれないか？　明日、狩りに行く時に持って行ったら良いと思うんだ。勿論《もちろん》、代金は私が払うよ」

うっ、私の弱味《よわみ》をぐぃぐぃ突いてくる。ガラス瓶が欲しいと前に話したのは、まずかったかも。

「明日は、私も森歩きの日なんだけど……」

嫌だけど、村長さんには若者小屋の前の菜園を使わせてもらったりしているから、遠回しに断っているのに、それは無視された。

「春からずっと毎日森歩きしているじゃないか。少し休んでも大丈夫だろう？　それに今夜は交流会なんだから、ミクも楽しんだら良い」

確かに、村長さんが言うのも正しいんだ。

でも、サリーやジミーと森歩きできるのも秋までかもしれない。

ジミーは、もうヨハン爺さんの森歩きから卒業できるんだ。秋の収穫は、大人は本気で肉を蓄えたいから、子どもは連れて行かない。冬は、ちょこちょこ狩りに親が連れて行くから、ジミーは来なくなる。

まぁ、ヨハン爺さんの森歩きも、冬は晴れた日しかしないんだけどね。チビちゃん達が秋から参加するだろうけど、サリーとジミーと私とは違う。友達と仲間の違いだよ。

「銅貨四十枚あれば、ガラス瓶が買えるぞ！　それに、ミクの料理の腕前を披露するのに、交流会は良い機会だと思う。料理の上手《うま》い女の子はモテるぞ」

うっ、まだ〇歳なのに料理の腕前を披露する必要があるかは疑問だけど、銅貨四十枚は家の全財産より多いかも？　春に布をいっぱい買ったから、金欠なんだよ。

「良いわ！」と引き受ける。

「今日のより、少し大きくしてくれ！」

村長さんは抜け目ないけど、〇歳児にそれはないよ！

「なら、肉抜きだわ！」

こっちだって負けないぞ。

「肉は……まぁ、少なくていいさ！　かぼちゃ餡二十個、肉野菜餡が二十個だ！」

そうと決まれば、さっさとお焼きを配って、小麦を挽かなきゃね。

お焼きは夜のうちに作っておく。朝早く、焼くつもりだ。

ママとパパは、お焼きが美味しかったから、また作るのかと喜んでいたけど、村長さんに頼まれたと言ったら、羨ましそうな顔をされた。

「狩りの時に食べるのかぁ」

ママとパパにも持って行ってもらいたいけど、大人の狩人全員分は無理だからね。

それに夏は遠出をしているみたいで、お昼は食べる暇はないかも？

この夜は、少し騒がしかった。交流会に来た若者達と一緒に村人も太鼓や笛を演奏して、遅くまで踊っていたみたい。私は、さっさと寝たけどね。

朝早くお焼きを焼いて、木を薄く削ってシート状にしたのに二個ずつ包んで、籠に入れて持って行く。サムに渡したら、配って狩りに出発したよ。

私は少し野菜の手入れをしたり、収穫してから、若者小屋のスープを作る。

「昨夜はトマトスープだったから、今夜はかぼちゃスープかな？」

夏だからとろみは少なめにしよう！

あっ、若者小屋のスープを作り出してから、私は親がいなくても火を使ってもよくなったんだよ。

この日は森歩きを休んだから、村の中の木苺をチビちゃん達と採ったりして過ごした。

お昼は、ワンナ婆さんの家に残ったお焼きを持って行って、全員で分けて食べたよ。

「ワンナ婆さん、村長さんは交流会で来た他の村の若者達に気を遣っているけど、何故《なぜ》なの？」

ワンナ婆さんは「またミクの何故、何と聞いてくる攻撃だ」と苦笑する。

「若者にこの村を選んでほしいからさ」

えっ、もう満杯じゃん！　空き家はないのに何故？

「まだ、ミクには分からないかもね。私やヨハン爺さんやセナ婆さんは、数年後にはいなくなる。今年結婚した若者は一組だけだったし、それも相手の村に移ったから、村長さんは不安なんだよ。

今年の春、若者が人間の町に大勢出て行ったのもあるかもね」

顔は見たことがあるかもしれないけど、名前もうろ覚えの若者小屋の人達が春に出て行ったのは知っていたよ。ただ、それが問題だとは考えていなかった。

「今は、私は一人で住んでいるけど、老人が集まって住むかもしれない。小屋が空き家になるのを村長さんは心配しているのさ」

ワンナ婆さんが亡くなる？　凄く元気そうだけど？　ヨハン爺さんだって、セナ婆さんだって。

「ミク、お前はまだ○歳だけど、人間の子の○歳とは違うと爺さんに聞いたよ。あちらでは、五歳にならないと手伝いも碌《ろく》にできないんだってさ。十五歳まで、ゆっくりと成長するし、三十歳過ぎたら年を取ってしまうし、寿命も短いそうだ」

うん、前世の人間の成長スピードといっしょだよね。

「森の人《エルフ》はさっさと成長して、そこからは年を取りにくい。でも、七十歳ぐらいから一気に年寄りになっちゃうのさ。ほとんどの人が八十歳になったら死んじゃうね」

えっ、そうなの！

「ワンナ婆さん、死なないで！」

抱きついて泣いたら、チビちゃん達が驚いていた。

「まぁ、私はもう数年は生きるつもりだよ。セナもヨハンも達者《たっしゃ》だからね」

二人の方が年上みたい。髪の毛が真っ白だもんね。
○歳の私には、もう数年はかなり長い先の話に思えたのだった。

夏に野菜をあれこれ植えていたから、忘れそうになっていたけど、白い袋に入っていたスイカの種も植えたよ！　これは私の家とワンナ婆さん、若者小屋の前の菜園の一畝《うね》に植えた。若者小屋とワンナ婆さんの家に植えたのは、大勢が集まる場所だからだ。人の目がある所じゃないと、勝手に取られそうなんだもん。


速成させると、スイカは丸じゃなくて、長細い形だった。

収穫時期は、ポンポンと叩《たた》いたら分かるってテレビでやっていたけど、良いのかな？

「一個、切ってみましょう！」

ワンナ婆さんの家のスイカを朝採って、井戸の水を桶《おけ》に汲《く》んでつけておく。

森歩きから帰ってから切って、チビちゃん達や赤ちゃん達と食べたよ。

「これは甘くて美味しいね！　こら、種は食べちゃ駄目だよ。来年、蒔くんだからね！」

ジミーは食べるのも早い。あっという間に食べちゃった。

若者小屋のスイカは、すぐになくなったよ。私は四分の三を確保するのに必死だった。

「お兄ちゃん達のは、あと三個よ！」

「えっ、もっと欲しいんだけど！　他所の村の若者にも食べさせてやりたいんだ」

それなら、自分達のスイカを分けてあげれば良いだけだよね。

「駄目、ちゃんと計算したんだから、三個以上は採ったら駄目だからね！」

若者小屋の人達は、狩りに行くからね！　その間に、熟れたスイカを採るんだ。

確保したスイカは、サリーやジミーやワンナ婆さんの所で一緒だった子ども達の家に分ける。

村で暮らすには、心遣いも必要なんだってママとパパが言っていたからね。それに、皆、親戚だからさ。

それと大きいスイカを切ったら、あちこちの家に持って行ったよ。ヨハン爺さんの家や村長さんの家にもね！

「ミク、植物育成スキルと料理スキルは、素晴らしいな。わしは見る目がなかったよ」

村長さんにそう言われたのは、大きいスイカをあげたからじゃないよね？


夏の交流会、どうやらバンズ村は他所の村から好評だったみたい。

こちらの若者も他の村に行ったけど、こちらに来る若者の方が多かった。

「ミクのスープとお焼きのお陰だな！」

村長さん、褒めてもお焼きはもう作らないよ。短い夏が終わったから、冬に向けて保存食を作らなきゃいけないから。

最近の森歩きでは、小枝を拾うより、きのこや木の実を見つけることに集中している。

ワンナ婆さんの所にいたチビちゃん達は、小枝を拾っている。

パパは斧《おの》使いだから、薪《まき》は山ほど納屋と小屋の庇《ひさし》の下に積んである。それに、夏の間に拾った小枝もいっぱいだからね。これは、焚《た》き付《つ》けに使うんだよ。

ジミーは冬までは森歩きを一緒にすると言ったけど、ほぼ単独行動だ。秋は大人達が真剣に保存食の為に狩りをする季節で、子どもは連れて行ってくれないからだ。

「木の実ときのこと、木のウロを見つけてね！」

最後の木のウロには変な顔をしたけど、黙って頷《うなず》くと木から木へと移動して森の奥へ行く。

「ミクの料理スキルは便利だな」

ヨハン爺さんもきのこを採っていたけど、決まった種類だけだ。

「きのこは、毒があるかもしれないから知っているのだけ採っていたけど、色々と食べられるんだな」

毒きのこはビリビリした感じだし、食べられるきのこは、よだれが出そうなほど美味しく感じる。これは、料理スキルのお陰かな？

きのこは、肉とソテーしても美味しいし、余ったのは干しておく。水で戻すだけで、良いお出汁《だし》が出るし、スープの具材にもなるんだよね。

「ウロあった」

相変わらずジミーは口数が少ないけど、見つけるスキルはアップしている。

かなり森の奥だけど、パパに伝えて持って帰ってきてもらおう。斧使いのスキルなら、上と下をズバッと切ってくれる筈《はず》！

「木のウロなんて、何に使うの？」

サリーは一番の友達だよ。

「お肉を美味しく保存するの。塩漬けや干し肉だけでは、冬の食事が単調になるから」

冬も狩りに行くから生肉は手に入るけど、吹雪が続いたら困る時もある。

非常食があれば、吹雪の時は安心して休めると思ったんだ。

だって、今年の冬は赤ちゃんもいるし、私も去年の倍以上は食べるからね。


パパが木のウロを切って持って帰ってきてくれた。

「ミク、何をするんだ？」

本当は下に金属の皿が欲しいけど、この村には鍛冶師がいない。

「硬い木の板が欲しいの」

パパが皿代わりの板を切ってくれている間、私は木をナイフで細かく削りながら少し考えていた。

夏の交流会で他の村の若者達が来た時、私は夕飯のスープを作っていたから、少し皆が話していたのを聞いたんだ。

鍛冶師がいるのはガンズ村で、バンズ村よりも倍も小屋がある。何人かはそちらで暮らすのも良いと考えたみたい。ハンサムな青年や綺麗でしなやかな狩人に惚《ほ》れたのかも？

そして驚くことに、人間が住む村もあるそうだ。それは、森の端にあるエバー村で、畑も少し作っているし、家畜も飼っているそうだ。ここは、冒険者をして帰ってくる森の人《エルフ》と連れ合いの人間とが住む村から発展したみたい。

エバー村の若者が交流会に来なかったのは、何故かな？　エバー村には人間の町に行っていた森の人《エルフ》が来るから、狩人の村の若者は来なくて良いのかも？

エバー村民は、鍛冶師がいるガンズ村の倍もいる。つまり四倍近いんだね。

二倍住民がいるガンズ村の若者に、私が薬師の修業を終えたら、歓迎するから村に住まないかと勧誘されたよ。

バンズ村と同じぐらい小さな村も何個もあるみたいだし、それらは森の中に点在していて、だいたい良い狩場が近くにあるそうだ。

この村の側《そば》にも川が流れているし、小川や沼地があるから、魔物が寄ってくる。良い狩場みたい。

「ミク、これで良いのか？　このウロの中に何か入れるのだろう？　扉は、これでピッタリだけど、食べ物を保存するのか？」

「違うの、ここに釘《くぎ》を何本か打って！」

ウロの中に釘を打ってもらったら、塩をまぶしていた生の鹿肉や猪《いのしし》の肉を引っ掛ける。そして硬い木の板を水で湿らせて、その上に細かく削ったチップをこんもりと置いて火をつける。ピシャン！と木の扉を閉めて、煙が外に抜けてないか調べる。

「これで、お肉の燻製《くんせい》ができるのよ」

パパは、何か美味しい物ができるのだろうと笑っている。ママは、かなりお腹《なか》が大きくなってきたけど、まだ狩りに毎日行っている。

「ミクも木から木へ移動できるようになったの？」

ううん、難しい質問だね。

「近くの木にならね！」と簡単に答えておく。

「来年は、夏に塩を一緒に取りに行くつもりだから、木から木に跳び移れないと日が暮れてしまうわよ」

これは、一歳以上の子がしなくてはいけない行事みたい。

「あの子達は行ったのか？　お前のお兄さんの子のマックも」

ワンナ婆さんのところで一緒だったマックとヨナも行ったんだね。パパの質問にママが呆《あき》れている。

「あの子達とは、一緒に行ったでしょう！　ああ、貴方《あなた》はバンズ村の出身じゃないから、顔はよく知らないのかしら？」

「いや、顔は知っているけど、俺は先行して岩塩を掘っていたから別行動だったんだ。皆、遅れずに帰って来られたのか？」

パパは、私が皆についていけるか、それが心配みたい。

「義姉《ねえ》さんが付き添っていたし、マックもヨナもそんなに遅れてはいなかったわ。岩塩を掘っていた貴方達の方が遅かったぐらいよ」

「そうか、一歳の子はすぐに山から下りるんだな。なら安心だ。来年は大勢いるな！」

サリー、ジミー、私、チビちゃん達三人が一歳になっている。

来年の塩採りについて話しながら、肉を数時間ほど燻《いぶ》して、塞いでいた木の板をどけると、中にはチップの良い香りが満ちていた。釘に引っ掛けた肉を取り出す。

「なんだか茶色になっているわね」

ママは少し心配そうだ。

「切って、食べてみましょう」

今夜はかぼちゃのポタージュだよ。本当はミルクでのばしたかったけど、骨から取った出汁でのばしている。

スモークした鹿肉を薄くナイフで切って、キャベツの酢漬けと皿に並べる。

「かぼちゃのスープは甘くて美味しいな」

これは、若者小屋でも人気なんだよ。

さて、スモーク鹿肉はどうかな？　ナイフに刺して食べる。

「うん？　変わった風味だけど、美味しい！」

パパは気に入ったみたい。ママは黙って全て食べた。

「燻製にしたら、肉が長持ちするの」

ママとパパはにっこりと笑って「なら、いっぱい狩って来ないとな！」と同時に言った。


森歩きで、さくらんぼ、レモン、りんご、なし、柿、胡桃《くるみ》をジミーが見つけてくれたので、果実や木の実を採った。りんご、レモン、なし、柿、胡桃の苗木を森歩きの小道の側に植えたよ。

毎日、歩くたびに「大きくなぁれ！」と唱えているけど、実がなるのはまだ先だね。

村の石垣の外に植えた無患子《むくろじ》は、びっしりと実をつけたから、村の人も少しなら採って良いことにした。特に若者小屋の人達は、清潔にした方が良いからね。

ミントは本当に増えやすいから、一週間に一回は森歩き組で刈って、各家のハーブティーにしている。乾かし方も教えたので、冬も飲めるけど、他のハーブも良いかもね。カモミールとかないかな？

狩人達が夏に何度かキラービーを見つけて、討伐し、巣を手に入れたから、参加した家には蜂蜜が配られた。これにレモンの皮を漬けているから、冬はお湯で割って飲もう。りんごの皮も乾燥させてあるから、それもハーブティーに良いよね。

納屋の中に棚を作ってもらった。

下の木の箱には芋とかぼちゃがびっしり！

キャベツは半分に刻んで塩と樽《たる》に入れていて、発酵して酢漬けみたいになっている。前世のドイツのザワークラウトみたいになっているよ。かぶもね！

玉ねぎは茎を編んで天井から何本もぶら下げている。

とうもろこしは、生で湯がいて食べても美味しいし、スープにしても美味しい。思ったより残らなかったけど、乾燥させているよ。

トマトは、ガラス瓶があるなら、トマトソースにして保存したかったけど、生でサラダにしたり、スープに入れたら大好評だった。

切って乾燥させたトマトは木の箱に入れて、冬の間大事に使うつもり。

秋に植えた野菜の最後の一株は、残して花を咲かせて種を取ったけど、来年も使えるかは分からない。


日が短くなり、ひまわりの種の二回目の収穫を済ます。

茎はナタで細かく切って土に混ぜ込むと、肥料になる。

「向日葵《ひまわり》の種は、酒のあてに良い」

ヨハン爺さんも茎を漉《す》き込むのを手伝ってくれる。野葡萄《のぶどう》を森の手前で栽培したので、それで酒を作ったみたいだね。

子ども組は、そのまま食べたら酸っぱいから、干し葡萄にしたけどさ。

「これで油を取るのが目的だったけど……今年は少しだけだった」

来年は、春からいっぱい植えよう！　種を煎って食べても美味しい。

「そろそろ、菜園も最後ね！　雪が降っても収穫できる物にしなきゃ」

ということで、芋を植える。

春にいっぱい収穫したけど、かなり食べたし、冬に保存するなら芋が良いからね。

今回は、村中の菜園の管理をする。芋はもう十分だから、銅貨をもらったよ。

少し冷え込んだ秋の晩、私はサリーの家に預けられた。ママが赤ちゃんを産むからだ。

秋の初めにサリーに弟が産まれた晩は、私の家に泊まりに来たので、おあいこだね。

夕飯は私が作った。カボチャのポタージュと持ってきた猪肉の燻製を切っただけ。何だかそわそわして、凝った料理を作る気分じゃなかったからだ。

「大丈夫かしら？」

サリーは「大丈夫よ！」と宥《なだ》めてくれる。

サリーのベッドに二人で寝る。

弟の赤ちゃんはまだ小さな箱がベビーベッドだけど、半年もしたらもっと大きなものが必要になるだろう。

サリーは、来年の秋に来る行商人に人間の町の魔法使いの所に連れて行ってもらうと言っているけど、それは春に巡回神父さんが来てからの話だよ。良い魔法使いの師匠が見つかって、そこに弟子入りが決まらないとね！

私は……まだ分からない。できるだけ、ママとパパと暮らしたい。でも、この村は狩人の村なのだと森歩きをして改めて実感したんだ。

私の料理スキルや植物を育てるスキルは、思ったよりもずっと便利だから、村に居ても良いと村長さんは言ってくれるけど、賄いの小母《おば》ちゃんを一生はしたくない。

薬師になりたいのもあるけど、狩人の村で、狩人スキルがない私の居場所がないのもある。

もし三番目の子が生まれて、若者小屋に行くぐらいなら、修業に出よう！

そう決めて、サリーと寝たけど……。


「ミク、驚くなよ！　お前はミラとバリーのお姉ちゃんになったんだ！」

産まれた赤ちゃんは双子だったんだ！

他の妊婦さんよりもお腹が大きい気はしていたんだよね。

「赤ちゃんに会っても良い？」

家に走って行く！　ママは、少し疲れた顔で笑った。

「赤ちゃん、可愛《かわい》いわ！」

ミラは金髪の女の子、ママに似た美少女になるのかな？

バリーは緑色の髪だね。パパに似てハンサムになるのかな？

初めて妹と弟ができて、お姉ちゃんになった！　嬉しいよ！

「今日は、おっぱいをあげるつもりよ。ミクよりも小さいから」

その方が良いよ！　抱っこするのが怖いもの。

「今日のご飯はママの好きなトマトスープにするわ！」

フレッシュトマトはないけど、乾燥トマトで具沢山のミネストローネ擬《もど》きを作る。

おっぱいをあげるなら、いっぱい食べなきゃね！

パパは一気に家族が増えたから、狩りに出かけた。村の狩人達はもう出発していたけど、小物を狩るそうだ。

昼もミネストローネだけど、肉をミンチにして、生姜と混ぜて肉団子を作って浮かべる。

「この肉団子、美味しいわ」

だよね！　これに麺を入れたら、スープスパゲッティになりそう。

パパが角兎《つのうさぎ》を狩ってきたから、夜は角兎肉のソテーだ。

お粥《かゆ》も食べられるかな？　と思ってかなり柔らかなどろどろに作ったけど、ミラもバリーもペッと舌で押し返す。

「まだ無理みたいだわ。ミクはすぐに食べたのに」

ママはおっぱいをあげる。

ミラとバリーは、夜中にも泣いておっぱいを飲んでいたから、ママは疲れているように見える。

「もしかしたら、二人だからおっぱいが足りていないのかも？」

不安そうなママ。私はワンナ婆さんの家まで走る。この村で一番子どもについて詳しいからだ。

「ワンナ婆さん、双子は見たことある？」

ワンナ婆さんは首を横に振る。

「いや、ないけど……ルミは不安だろうから、見に行くよ。助産師のセナ婆さんも呼んできな！」

私はセナ婆さんも連れてきた。

「うん、生まれて一日目の感じだね。多分、双子だからおっぱいが足りないのだろう。明日には、お粥も食べられるさ」

今、赤ちゃんはオムツを当てている。

普通の森の人《エルフ》の赤ちゃんは、すぐにオムツは取れるから、それもママには負担みたい。

「ミク、日に何回かオマルに連れて行くんだよ」

ああ、それはワンナ婆さんの家でよくやったよ。

生まれて数日の赤ちゃんは、時々お漏らしをするから、お姉ちゃん達がオマルに連れて行くのだ。

「えっ、ミクは歩けるようになったら、すぐにオマルでしていたわ」

ワンナ婆さんはケタケタ笑う。

「ミクは、私が見てきた赤ちゃんの中でも一番変わっていたからね」

そりゃないよ！　貶《けな》しているのか、褒めているのか分からない。

セナ婆さんもカカカと笑う。

「一人目が手が掛からなかったから、今度は少し手の掛かる子ってだけだよ。数日したら、ワンナ婆さんの所に預けられるさ」

寒い夜に来てもらったのだから、とっておきのホットレモネードを出す。キラービーの蜂蜜にレモンの皮を浸《つ》けた物に、温かいお湯を入れる。

「ああ、美味しいね！」

ワンナ婆さんとセナ婆さんは、ホットレモネードを飲んだら家に帰った。

「小さな赤ちゃん、可愛いなぁ！　私が見ているから、ママは寝ていたら良いよ。おっぱいが欲しくて泣いたら起こすから」

オムツを替えるぐらいは、誰がしても一緒だからね。

それに、パパは明日からは狩人と出かけるんだ。寝不足で狩りに行ってほしくない。怪我《けが》とか怖いもの。

森《エルフ》の人の村に転生して、まだ一年にならないけど、何人かの若者は怪我をしたし、一人は亡くなった。大人の狩人も怪我をした。薬師がいないから、怪我をしても傷口を洗って布を巻くだけなんだ。それで膿《う》んだりしたら、死ぬ場合もある。

亡くなった若者は、腹を牙で突かれてその場で駄目だったみたい。

村の集会場で別れの会をして、村の外の石が積んである台に乗せて火葬された。灰は、身内が森に撒くのが森《エルフ》の人のやり方みたい。

「森で生きたのだから、森に帰るのさ！」

パパは斧使いの若者が亡くなったのがショックだったみたい。

弓使いは、弓使いに教えてもらうし、斧や槍使いは、それを使う狩人に習うから。

次の日、夜中に泣かないで朝まで寝たミラとバリーは、大きくなっていた。

「大きくなったわ！」

私は何度見ても成長の速さに驚くけど、ママとパパはホッとしている。これが普通みたい。私もそうだったのだけど、森の人《エルフ》特性なのかな？

「お粥を作ろう！」

パパが張り切っているから、任せるよ。

私は昨夜のお礼を兼ねて、ワンナ婆さんとセナ婆さんにお焼きを持って行くから、その用意だ。

かぼちゃは、赤ちゃんの離乳食にしても美味しそうだから、塩漬けにした菜葉を水で塩抜きして、細かく刻んで肉と炒める。一種類でも良いけど、やはり二種類にしよう！

芋がいっぱいあるから、それで芋餡にする。芋だけだと、かぼちゃほどの甘味《あまみ》はないから、干し葡萄をパラパラと入れる。

お焼きを焼いていると、パパがお粥を二人に食べさせていた。

「ああ、食べているな！」

歩かせようと二人が頑張っているけど、それは今日は無理だったみたい。ワンナ婆さんも、数日したらって言っていたのにね。

でも、ミラとバリーはハイハイを始めたよ。私的にはこちらが普通だと思うけど、ママもパパも驚いている。

「ワンナ婆さんに聞いておいてくれ！」

今日は、パパは狩人達と一緒だ。冬支度の為に大物狩りをするみたい。

お焼きをワンナ婆さんの家に持って行って、ハイハイについて聞いた。

「ハイハイする子は時々いるよ。まぁ、数日のことさ！」

だよね！　セナ婆さんも同じようなことを言っていた。

すぐに歩く方が私的にはびっくりだけど、これまで何人もワンナ婆さんの所に預けられる赤ちゃん達を見たから、慣れたね。


ミラとバリーは、生後五日目でワンナ婆さんの家に行った。

初日だから、パパとママが抱っこして連れて行ったよ。

私はヨハン爺さんと森歩きだ。

サリーも木間の移動ができていないから、居残りだよ。

ジミーはもう親と狩りに行っている。

ワンナ婆さんの所を卒業したチビちゃん達は、かなり木間の移動が早い！

「ほら、あちらの木まで跳ぶんだ！」

ヨハン爺さん、私とサリーの鈍臭さに呆れているけど、普通の人ってこんなことできないと思うよ。でも、これができないと危険なのは、熊に襲われた時に分かったからね。

大きな魔物は、木の上に逃げても、木を揺すったり倒したりするんだ。他の木に跳び移って逃げないと食べられちゃうよ。

「そんなことでは、弟や妹に追い抜かれるぞ！」

うっ、嫌なことを言う爺さんだね！

株式会社KADOKAWA　編集:MFブックス編集部　MFブックス情報
No.127 2024年1月31日発行　〒102-0071 東京都千代田区富士見2-13-12
TEL.0570-002-301(ナビダイヤル)

発行:株式会社KADOKAWA
KADOKAWA

サリーと顔を見合わせて『イジワルジジイ』と口パクで悪口を言い合う。ヨハン爺さんは、年寄りのくせに耳が良いから、小声の悪口でもすぐ怒るからね。

でも、何とか木から木への移動はできるようになった。

森の人《エルフ》基準では、とっても遅いみたいだけどさ。

お姉ちゃんなんだから、ミラとバリーには負けられないよ。いずれは負けるにしてもね！


ミラとバリーがワンナ婆さんの家に自分達で歩いて行けるようになった。

私は森歩きを少し休んで、村中の菜園の世話をしている。いつ雪が積もるか分からないからだ。

それと、村長さんから「行商人が来たら、夕食を作ってくれ」と頼まれた。

ママが「幾らくれるの？」とガッツリ交渉してくれたよ。

だって、双子だったから、春に買った布では足りなくなりそうなんだもん。だから、私は私で儲《もう》けないとね！

ガラス瓶と少し綺麗な布が欲しい。どうも、二歳になる頃には修業に出なきゃいけない感じなんだもん。まぁ、二歳になるのは冬だから、次の春になってからだと思うけどね。

「ミク、これ！」

相変わらず無口だけど、ジミーが椿《つばき》の花の枝を持ってきてくれた。

「あっ、これ！　何処《どこ》にあったの？」

椿の花も綺麗だけど、それより実が欲しい！

ジミーの説明は、私には理解できなかったけど、ママは「あそこね！」と分かったみたい。

「椿の実が欲しいの！」

ママは変な顔をする。

「食べられないわよ」

違うよ！　椿油が欲しいの！

「種から油が取れるの」

ママの目がキラリと光る。

「油があれば、フライドポテトが作れるわね！」

あっ、そっちか！　私は、髪の毛につけたり、身体《からだ》の保湿を考えていたけど、多分、食用もできると思う。

椿の実は、もっと前に拾うべきだったね！　来年は、秋になったら拾いに行こう！

でも、ジミーに教えてもらった場所にママと行って、背負い籠に実と種をいっぱい入れたよ。

何個かはもう根が出ていたから、土ごと持って帰る。

「ミク、また村の外に植えるのね！」

うん、りんごとかの果樹は、少し離れた場所に植えたけど、椿の実を魔物は食べそうにないからね。ママに見張ってもらって、椿の種で根が出ているのを植える。

「大きくなぁれ！」と唱えておく。

「ねぇ、ミクは村に住んでも良いのよ！」

ママは、やはり私を外に出すのが不安みたい。

だって、ここはママの生まれ育った村で、初めにワンナ婆さんの所にいたマックは、実は従兄妹《いとこ》だった。金髪だし、似ているかもね？

うん、村の人はほぼ親戚だよ！　ワンナ婆さんは大伯母さんだしね。従兄弟《いとこ》や再従姉妹《はとこ》だらけだ。

それは村人同士の結婚を禁止する筈だ。村長さんも親戚だし、ヨハン爺さんもね。

「でも、薬師になりたいの！」

強く言わないと、なぁなぁにされそう。

村長さんは、若者小屋が嫌ならワンナ婆さんの家に住めば良いとか言い出している。

「ミクなら、狩人のスキルがなくても村に住んでも誰も反対しないさ」

思わずグラッときちゃうけど、人生は長いのだ。ずっと賄いの小母ちゃんは嫌だもん。それに、薬師って前世でお世話になった恩返しの意味もあるんだよね。

「そうね、薬師になるなら修業しないといけないわね」

ママがぎゅっと抱きしめてから、笑って言う。

何だか悲しいけど、このままでは狩人の村には住めないよ。

薬師になってからなら、住めるのか？　そこはよく分からない。だって〇歳だからね。


その日は椿油を作った。

粗い布に入れて、ガンガン叩いてから絞るのだ。

「良い香りね！」

うん、洗った髪に付けたら、きっと良いと思う。

「フライドポテトを作りましょう」

美少女風のママなのに、狩りと食欲が勝っているのか？

髪に付けるのは、来年にいっぱい作ってからかもね。

なんて考えていたけど、ジミーが森のもっと奥から実と種をいっぱい拾ってきてくれた。だいぶ寒くなってきたけど、魔の森より南にある人間の町ではまだ秋なのかもね。

「ありがとう！　フライドポテトを作ったら、持って行くね」

嬉しそうにジミーは頷く。

ジミーは良い奴《やつ》だけど、結婚相手を見つけるのは苦労しそう。

弓の腕も良いし、植物採取も得意なんだけどさ。若者小屋の交流会で人気があるのは、先ずは狩りの腕前、そして会話が上手な人なんだよね。

狩りは生活に必須、そして一緒にいて楽しい相手！

私は、ジミーが好きだけど……再従兄妹《はとこ》だし、やめといた方が良いのかも？


秋の暖かい日、ママと私は髪の毛を洗うことにした。

無患子はいっぱい採ってあるし、椿油を使いたいんだ。

桶にお湯を入れて、身体と髪の毛を洗う。

「ママ、最後のお湯には椿油を少し入れたら良いと思うわ」

食べられるのに？　って顔をされたけど、数滴入れて髪の毛を濯《すす》ぐ。

暖炉の前で髪の毛を布で拭いて乾かすけど、いつものようにボワボワにはならない。

「櫛《くし》にも少し付けたら良いかも？」

木の櫛に椿油を付けて、髪の毛をとくと、艶々になった。

「まぁ、これは良いわね！」

うん、三人の子持ちには見えない美少女だよ。

「ミクの髪も綺麗だわ」

私の髪も艶々だけど、鏡がないから、お互いの姿を見て笑い合う。

狩人のママは、いつもは髪の毛を括《くく》っている。

私は、二つに分けて緩い三つ編みが多い。

基本的に女の人も男の人も髪の毛は伸ばしっぱなしだ。美形が多い森の人《エルフ》だけど、身なりは質素だし、お金を掛けるのは武器だからね。

矢の木の部分と羽根は用意できるけど、鏃《やじり》の鉄は行商人から買うか、鍛冶師がいる村で買うしかない。なるべく放った矢は回収しているけど、やはり消耗品だ。

「ガンズ村まで行こうかしら？」

かなり矢が少なくなっているようだ。でも、ママは行く時期を逸してしまった。

次の日に鮭《さけ》が川を上ってきたのだ。


今日は狩人も若者小屋の皆も私達子どもも、全員で鮭漁だ。

先ずは、大人達が集会場の裏から木の簀《すのこ》みたいなのを運ぶ。

それを川に設置すると、簀に何匹もの鮭が引っかかった。

私達子どもは、鮭の鱗《うろこ》を取ったり捌《さば》く係だ。腹を裂いて、内臓を取り出す。

「あっ、卵だわ！」

筋子って、イクラの素だよね。

「卵はここに入れてくれ！」

用意していた別の樽に卵を入れる。

腑《ふ》は魔物を誘《おび》き寄《よ》せる餌にするから、これもまた別の樽に入れていたけど、途中からは土に穴を掘って埋めることになった。

一日中鮭を捌いてへとへとだけど、今夜は村中の家で鮭を焼いて食べる。

明日も鮭漁だけど、漁獲組と塩漬け組とに分かれる。

「ねぇ、燻製にしても良い？」

ママとパパは私の料理スキルをよく知っているし、村人も知っているから、家に配分される分の鮭を先にもらって、釘に吊《つ》るしてスモークしておく。その間も、塩漬けを作るけどね。

「燻製にした鮭を一匹くれないか？」

村長さんは、味見をしたいみたい。

「良いけど……生の鮭二匹となら交換するわ」

いっぱい保存食が欲しいからね。

「スモークサーモン、美味しい！　しまった！　村長さんと三匹で交換したら良かったよ」

ママとパパに笑われた。

「木のウロをもっと見つけなくてはな！」

だね！　燻製にするのに時間が掛かるんだもん。

筋子は、アルコールがあればバラバラにしてイクラにできるけど、ここではそのまま塩漬けにして、お酒のアテにするみたい。

ママもパパもお酒は好きみたいだけど、子育て中は、そんな贅沢品《ぜいたくひん》は我慢するしかないって感じだよ。ワンナ婆さんやヨハン爺さんに代金を払っているからね。

うちは下が双子だから、三人分必要なのだ。春から夏なら、菜園を作って一人分は半額にしてもらえるかもね。

食べ盛りの子どもを育てているから、筋子分も鮭をもらった。ミラとバリーは、生まれた時は小さくて、お粥を食べ始めるのも遅かったけど、それを取り返すように今はモリモリ食べている。

芋やかぼちゃをいっぱい収穫しておいて良かったよ。小麦は残り少ないからね。

お焼きは、当分無しだ！

「燻製した鮭と、生の鮭三匹を交換してくれ！」

村長さんの話を聞きつけて、村人が鮭を持って集まるようになった。

ジミーが燻製用のウロをもう一つ見つけてくれて良かったよ！

二日ほどはずっと燻製し続けながら、半分は塩漬けにした。塩鮭からも出汁が取れそうだからね！


「明日こそ、ガンズ村に行くわ！」

ママがそう宣言したら、行商人達がやって来た。

これ、フラグじゃないかな？　ママが鍬を買いに行くと言ったら、何か起こって行けなくなる。

でも、今回の行商人は少し悪いニュースも運んできたんだ。

「戦争!?　何処の国と国が？」

村長さんも驚いている。

行商人達が持って来た小麦や豆なども、前より値段が高い。

「森の近くのハインツ王国に、リドニア王国が攻め込んでいるんだよ。お陰で、食料品の値段が高騰しているのだ！」

ぼったくりではないと、カーマインさんは汗を拭きながら説明している。

「ちょっと、ハインツ王国って近くの国だよね。うちの息子が春に行った町は、その国なのかい？」

皆が騒然として、買い物どころじゃない。

自分の子どもが行ってなくても、村人は親戚だからね。甥《おい》や姪《めい》や孫なのだ。

「ああ、近くの町はハインツ王国だ。徴兵されているかもしれない」

徴兵！　この言葉に、皆が怒り出す。

「うちの子は森の人《エルフ》だよ！　ハインツ王国の国民じゃないのに！」

カーマインさんは、汗を拭くのに忙しい。

「それは……まぁ、徴兵を逃れたかもしれないし……私のせいじゃないよ！　こちらも大損害なんだ」

皆も少し落ち着いた。

「人間に捕まる森の人《エルフ》はいないよ。そのうち帰ってくるさ」

確かに逃げ足も速そうだ。

ここからは、高くなった小麦への文句が女の人からブーブーと出たけど、戦争だからと言われると仕方ない。


村長さんに食事の提供を頼まれていたから、私は芋のスープと鮭のソテー、それにキャベツの塩漬けを付けて出した。小麦が高いなら、お焼きなんか作れないよ。

「布と鏃は買わないといけないし、小麦も……」

ガラス瓶を買っても、ふかふかのパンを焼く小麦がないなら、無意味だよ。

それに、ミラとバリーにはお粥を食べさせてあげたい。初めての妹と弟なんだもの！

「これで小麦を買って！」

銅貨百枚を差し出した。キリが良いからね。

残りは来年の春までに取っておく。それまでにお金が貯《た》まれば良いな。

幕間　変わったスキル持ち（バンズ村長視点）

私は魔の森にある狩人《かりゅうど》の村の一つ、バンズ村の村長だ。

基本的にこの村の村長はバンズと呼ばれる。前の名前は忘れちまったな。それは冗談だが、いまさらハンスとか呼ばれても、自分だと気づかないかもな。


今年も春になり、神父さんがやって来た。

去年の夏から冬に生まれ育った子ども達がエスティーリョ教の洗礼を受ける。毎年恒例の行事なのだが、今年は少し気が重い。

魔物がいる森に生きるのだから、できれば狩人のスキルを与えてほしいと願うが……多分、サリーとミクは違うのではないか？　何となくそう感じる。それは、子守りをしているワンナ婆《ばあ》さんも気にしていた。目ざとい婆さんだからな。

「サリーとミクは外に出る子になるんじゃないかな？」

外に出る子、これは春に出て行った若者達とは違う意味だ。あの子らは、狩人のスキルをもらい、三歳から若者小屋で先輩達と小物の狩りをしながら技術を磨き、大物を倒せるようになって、自分で進路を選んで出て行ったのだ。

つまり、あの二人は狩人のスキル持ちではないと感じる。

百人以上の子どもを見てきたので、狩人のスキル持ちの子とは違うのだけは分かる。何がとまでは分からないけどな。

「ルミとキンダーにとって、ミクは初めての子なのに、ショックを受けなければ良いのだが……」

洗礼式は神父さんによって順調に行われた。

狩人の村だから、親も狩人のスキル持ちばかりだ。エスティーリョ神もそこを理解されてか、狩人のスキルを子ども達に与えて下さる。親も安心そうだ。

さて、サリーだ。やはり、風の魔法のスキルだった。両親は神父さんにどうしたら良いのか尋ねているが、他の子もいるから後で相談だな。

「おや、この子は……珍しいな！　植物を育てるスキルと料理のスキル。ははは、ミクは食べるのに苦労はしそうにないな」

これは、また変わったスキルだ！

風の魔法のスキルを授かったサリーが普通に思える。

魔法使いは、バンズ村でも何十年か前に授かった者がいた。まだ私が村長になる前だが、生きていれば人間の町で魔法使いとして暮らしている筈《はず》だ。

「神父さん、どうしたら良いのでしょう？」

キンダーとルミが混乱しているが、神父さんは残りのチビちゃん達の洗礼を終える。

この子達は、ごく普通に狩人のスキルだった。


洗礼式の後、サリーとミクの家族が残って神父さんと相談する。

サリーは、アルカディアで下働きをしながらの修業を嫌がり、魔法使いが優遇される人間の町での修業を選んだ。

あの魔法使いが生きていれば良いのだが、かなりの高齢だから、弟子を取ってくれるかは分からない。それに、どの町に住んでいるのかすら誰も知らないのだ。

まぁ、神父さんに後で参考までに話しておこう。

両親は、幼くして人間の町に行くサリーを心配そうにしていたが、人間には魔法使いは少ないから待遇は良いだろうと自分達を納得させようとしているようだ。

サリーは、しっかりしているから大丈夫だろう。

問題はミクだ。

「植物育成のスキルに料理のスキルだなんて、聞いたことがない！」

キンダーが混乱している。

役に立たないスキルだとエスティーリョ神に怒っているのか？　いや、子どもの将来を案じているのだろう。

「植物を育てるスキルなら、春から秋まで畑を作れば良いんじゃないかしら？」

「そうだな！　それなら、なんとか暮らしていける！」

二人の希望的な意見だが、それは難しいだろう。

「村の中に畑を作っても一年中食べ物は作れないだろう。それに、そのくらいは各家で作っている」

その後、神父さんが料理人としてのスキルの使い方を提案するが、キンダーは首を横に振った。

「サリーみたいに魔法使いの弟子になるなら、人間の町でも暮らしていけるかもしれないが、宿屋や食堂で働くのは心配だ。ミクは可愛《かわい》いから、男にちょっかいを出されそうだ」

森の人《エルフ》の子どもは成長が速い。

三歳でも人間からは十五歳ぐらいに見えるかもしれない。キンダーが心配するのも理解できる。とはいえ、狩りができない子をずっと両親が育てるのも無理な話だ。まして、ルミは冬には子どもを産むのだからな。

神父さんは腕を組んで考えていた。

「もう一度、能力判定をしてみよう！」

二回も洗礼を受けるなんて、私が村長になって初めてだ！

「ふむ、薬師のスキルもあるぞ！」

「それなら、アルカディアで修業した方が良さそうだな」

正直、ホッとした。

訳の分からない植物育成スキルや料理スキルと違って、薬師なら食べていけるだろう。

サリーと違って、ミクは両親の勧めもあってアルカディアでの修業を選んだ。私も、そちらの方が安心だ。

アルカディアの森の人《エルフ》は少し偉そうだけど、一応は同族だ。三歳になったミクが十歳以上に見えても、幼いのは理解してくれるだろう。


私は、三歳まで狩りの役に立たないミクを育てるルミとキンダーを心配していた。

しかし、それは間違いだった。

初めに目を引いたのは、ミクの植物育成スキルだった。

ワンナ婆さんとミクの家の前の菜園は、あっという間に繁《しげ》り、三週間で芋を収穫できたのだ。

サリーの親も気づいて、頼んでいる。

「うむ、植物育成スキルは役に立つかもしれない」

私は、ミクに畑を作らせればこの村でずっと暮らしていけるのでは、とルミに訊《き》かれた時のことを思い出し、難しいだろうと否定したことを後悔した。

こんなに凄《すご》いスキルだとは思わなかったのだ。

私も狩人の村の常識にとらわれすぎていたのだ。

私達も、春から冬まで少しは野菜を栽培する。ほとんど芋ではあるが。

真面目に世話をする家では、何とか二回は収穫できたりもするが、二度目の芋は小さくて食べられた物じゃない。まぁ、それでも冬には肉と煮たりはするがな。

ミクは三週間で芋を育てる。つまり、三回、いや四回も収穫できるのだ。

ただ、村人全員がそれに気がつき、ミクに芋を植えて水やりをしてくれと我先に頼み出したのには困った。

元々、ここの村人は狩りは好きだが、畑仕事が好きではないのだ。

「うちの菜園の水やりもしてほしい！」

「いや、うちは子どもが一緒に遊んだ仲じゃないか！」

ううむ、これでは喧嘩《けんか》になりそうだ。

上手《うま》くさばかないと村人の間に感情のしこりが残るし、ミクを恨んだりしてはいけない。

「皆、静まれ！　皆がミクの能力に目の色を変えるのも分かるが、喧嘩はいけない。ミクは、自分の家とワンナ婆さんの家の水やりは続けなさい。後は、もう二軒ずつは交代に水やりをしたら良い。それと、若者小屋の菜園の管理はしてやってほしい」

私の提案で、ミクは自分の菜園、ワンナ婆さんの菜園と若者小屋の菜園、後は順番に二軒ずつ水やりをすることに決まった。

若者小屋を加えたのは、若者達が菜園を放置しているからだ。

肉と少しの小麦だけでは、身体《からだ》に良くないとは思わないのだろうか？

ミクが芋をいっぱい作ってくれたので、茹《ゆ》でるだけでなく、焼いて食べているみたいだ。

芋を熾火《おきび》に埋めておくだけで、こんなに甘くなるなんて、この歳まで知らなかった。

ミクはまだ〇歳なのに、何故《なぜ》知っていたのだろう？

それは料理スキルのお陰なのか？

ふぅむ、まだ村人はミクの植物育成スキルだけしか注目していないが、気をつけて見守っていこう。


村に行商人が来た。

秋から冬の間、狩りで貯《た》めた革や角などを纏《まと》めて売り、それで小麦や布を買うのだ。

今年は少し遅いが、雪が溶けるのが遅かったと言われたら仕方ない。

革も角も、売り値は人間の町よりかなり安い。

それに小麦の値段は高い。

自分達で人間の町に売りに行く案も何度か出たが、馬をずっとこの魔の森で飼うのは無理だということになったのだ。

行商人を儲《もう》けさせるだけだと、苦い気持ちで眺めていたら、ミクが種を色々と買っているのに気づいた。

しかし、行商人にバレるのはまずいだろう。

狩人の村でも争いになりかけたが、この植物育成のスキルが畑仕事の多い人間に知られたら大変なことになる。

人間には、貴族や領主とかいう怖い存在がいる。

ミクのスキルを知ったら、自分の欲望のままにこき使うだろう。

キンダーに忠告するまでもなく、彼は行商人達が出ていくまでは買った種を蒔《ま》いてはいけないとミクに注意していたようだった。

良かった！　いつも来ている行商人だが、口を滑らすかもしれない。

過去には、森の人《エルフ》の容姿が人間より優れているから、若者を騙《だま》して奴隷《どれい》にした事件もあったそうだからな。


行商人が村から出て行くと、ミクは色々な種を蒔き、野菜を収穫した。

ワンナ婆さんは、私の見る目のなさを笑うように、ミクに作ってもらった細い人参《にんじん》を生のままポリポリと齧《かじ》っている。

「逃した獲物は大きい……」

ワンナ婆さんの目がそう言ったような気がした。

その上、ミクは村の外に無患子《むくろじ》やひまわりや野葡萄《のぶどう》を植えた。

夏になる前にひまわりの花が咲き、若者小屋の交流会で他の村から来た若者達にも「綺麗《きれい》な村」だと好評だった。

葡萄は多分ヨハン爺《じい》さんがミクに頼んだのだろう。昔は凄腕《すごうで》の狩人だったが、年を取って狩りについていけなくなり、子どもに森歩きの指導をしてくれている。

良い奴《やつ》だが、酒に目がないのが欠点だ。まぁ、怖い嫁さんがついているから健康に悪いほどは飲ませてもらえないだろう。

無患子もヨハン爺さんがミクに頼んで植えたのかもな？　私も時々森で見かけたら採ってくるのだが、嫁さんに急に欲しいと言われて困ったことがある。

それにこの無患子のお陰で、我が村の恥を曝《さら》さずにすんだ。

ミクに若者小屋の畑と共に簡単なスープなどの食事を作ってもらうことにしたのだが、あそこまで小屋の中が汚いとは思ってもみなかった。これは、村長として管理ミスだ。

言い訳させてもらうなら、この春に十歳以上の若者が十数人出て行ったのだ。それにしても、あんなに汚いとはな。狩人としても臭いのは失格だ。

村の外に無患子がいっぱいあったから、洗濯も掃除も身体を清潔に保つのもできたのだ。今度、村の大人達と若者小屋について話し合わなくてはいけない。

ミクは、このまま村で暮らしても良いのではないか？　植物育成スキルは、馬鹿にできないと考えを改めた。

そう思ってミクに提案したが「私は、薬師になりたいです」ときっぱりと断られてしまった。

料理スキルも馬鹿にできないのに、ルミの提案をすぐに却下したのは、本当に私の失敗だな。

ミクはアルカディアで薬師の修業をするのだろうが、その間に他の村人にも芋以外の野菜の作り方を覚えさせないといけないな。

一度、ミクが作った美味《おい》しいお焼きを味わってしまってから、もう芋と肉だけの食事には戻れない気がする。

小麦粉と小間切れ肉であんなに美味しい物が作れるミクなら、アルカディアでもなんとかやっていけるのではないか？

アルカディアの森の人《エルフ》は、狩人の村の森の人《エルフ》とは少し違う気がする。生活も豊かそうだし、噂《うわさ》では竜を狩るという。竜の素材なら行商人に買い叩《たた》かれることもないのだろう。羨ましい。

それと、村長としてもう一つ羨ましく思うのは、アルカディアの若者は人間の町に出ても、アルカディアに戻ってくるのだ。つまり、人間の町よりも住みやすいという点があの木の上の家にはあるのだろう。

若い頃に一度、行商人の護衛でアルカディアに行ったが、私は木の上よりは地に足をつけておきたいと思ったがな。

あの洗礼式の日、ルミが「畑仕事をして、ここで暮らせば良い」と言ったことに賛成すれば、二度目の洗礼はなく、ミクが薬師になる為《ため》に出て行くことはなかったのだろうか？

そうしたら、バンズ村は行商人に小麦を頼らない生活ができるようになったのだろうか？

つい、寝る前に考えてしまう。今、ひまわりを植えてある所まで石壁を延長したら、ミクなら狭くても小麦を三回以上収穫できるだろうとか……ははは、これでは強欲な人間の領主を笑えない。

小さな小麦畑に縛り付けるなんて、ミクの為にならない。

村長として、この村に生まれた子ども達の一番良い道を探し、歩ませてやるのが使命だ。

第五章　戦争の影響

行商人が来てから数日すると、春に出て行った若者がパラパラと帰ってきた。

「良かった！」と親達は抱きしめていたけど、何人かは帰ってこない。

「あいつは、同じ冒険者グループと一緒に徴兵されたんだ」

人間と同じグループだから徴兵されたの？　それとも仲間を見捨てて逃げられなかったのかな？

「俺達は森の人《エルフ》だけで組んでいたから、逃げ出したのさ。エバー村で少し様子を見ていたけど、戦争が終わりそうにないから帰ってきたんだ」

若者小屋はいっぱいだから、実家に空きがある若者はそこに、ない者は集会場で寝泊まりすることになった。

帰還者は、お金をいっぱい持っていたし、狩りの腕も良い。ただ、人間の町で暮らしていたから、舌が贅沢《ぜいたく》になっていた。服も生成りの粗い毛織物じゃない。

平和なこの村が、二つに割れた感じがした。前からの生活で満足している大人と、外の世界に憧れる若者！

「外の人間の国なんか、戦争ばかりしているのだ！」

それも正しい。少なくとも狩人《かりゅうど》の村の森の人《エルフ》は戦争なんかしたことがない。魔物を狩るのに忙しいからかも？

「森よりも豊かな生活ができる！」

どうやらそれも正しいみたい。服の滑らかな生地、弓や矢も高性能そうだ。若者の憧れを抱く目に、大人達は困惑する。

「やっぱり人間の町の方が、狩人の村よりも良い暮らしができるみたい」

サリーは、前から人間の町に行きたいと言っていたからね。

「でも、戦争とか怖いよ！」

私もサリーも、魔の森から出たことがない。それに、他の狩人の村にすら行ったことがないのだ。

「それは怖いけど、多分、遠い所で戦っているんじゃないかな？」

どうだろう？

帰ってきた若者達が何処《どこ》に住んでいたのかも知らないから、徴兵されそうだったと聞いても判断できない。

ただ、私は戦争をしている国に近づきたくはないと思う。

「サリー、どうしても人間の町で修業したいの？」

サリーもやはり不安みたいだけど、それを振り切るように言う。

「うん！　だって魔の森でずっと暮らすだけなんて嫌なんだもの」

それは、ちょっと理解できる。魔の森の外の世界はどんなんだろうと私も好奇心が湧くからね。

ただ、今は近づきたくない方が強い感じだ。

帰還した若者達によって、人間の町の暮らしはどうなのか、戦争はどうなるのかと、穏やかなバンズ村の人々の平穏な日常生活に一石が投じられ、波紋が広がっている。

だけど、それよりも切実な問題は、計算外の人数を養わないといけなくなったことだ。

基本的には各家族が養っていくが、どこの家も今年は小麦をギリギリしか買っていない。高かったからね。

「芋ならあるけど……」

「ふぇぇ、芋！」

嫌な顔をした若者を、親がガツンと叱った。

「その芋を、お前は作っていないのだぞ！　嫌なら食べるな！」

親以外は、嫌なら出て行け！　と言いたそうな顔をしている。

「芋も焼けば美味《おい》しい！」

サム、良い人だけど、今はそんな話じゃないよ。

帰還者達は、狩人としての腕は良い。

だけど、狩りをいつもより多くしたら、弓使い達から不満の声が上がった。

「鏃《やじり》が高かったから、あまり買えなかったの。この調子だと冬になったら狩りに行けなくなるわ」

ママも鏃が残り少ないと不安そうだ。

「明日、ガンズ村に行こう！」

村長さんも、言ったけど……これ、本当にフラグだよ。ママが鏃を買いに行くと言ったら、何か起こるんだ。

次の日、エバー村から難民が到着した。

人間も住んでいるから、徴兵すると言われたみたい。

ただ、良いこともあった。エバー村は小麦を栽培していて、家畜も飼っていた。だから、家畜に小麦を積んで持ってきたのだ。

「戦争が収まるまで、避難させてください」

エバー村長は、各村に何人かずつ避難させるつもりみたいだ。

集会場にいた若者は、ぎゅうぎゅうだけど実家と若者小屋に引っ越した。

ワンナ婆《ばあ》さんの家に、ヨハン爺《じい》さんとセナ婆さんも引っ越したよ。ベッドが二つに増えて、赤ちゃんが遊ぶスペースが狭くなったけど、緊急事態だからね。

ヨハン爺さんの家には、赤ちゃん連れが二組住むことになった。集会場は広すぎて寒いからね。

それに、人間の血が混じった赤ちゃんは、森の人《エルフ》より成長がゆっくりだ。それでも、私の前世の赤ちゃんよりは、超早いけどね。

生まれて二日で歩く筈《はず》もないし、離乳食も一ヶ月後ぐらいだと聞いたよ。

エバー村の人達が避難してきて家畜が増えたこともあり、山羊《やぎ》の乳で作ったチーズを初めて食べた。

美味しい！

前世で食べていた牛のチーズよりも匂いが少しきつい気がするけど、その分濃厚な味で凄《すご》く美味しいのだ。

もっと食べたいから、バンズ村でも山羊を飼ったら良いのにな。

でも、家畜の餌も用意しないといけないのだ。やはり、魔の森では難しいのかも。

「まぁ、冬になったら潰すさ！」

エバー村長はそう言うけど、私としては肉より乳が欲しい。だって、肉は魔物を狩れば手に入るんだもん。

「家畜の餌って何かな？」

呑気《のんき》な私の質問に、大人は誰も答えてくれなかったけど、エバー村の子どもは知っていた。

「草を食べるの！」

なるほどね！　草食動物だもん！

「なら、草を刈らなきゃね！」

食べてはいけない植物も教えてもらったよ。エバー村の子どもなら全員が知っているみたい。

集会場の横に家畜小屋を作ったけど、餌を集めるのは子どもも任せだ。

えっ、でもここは、森の端ではない。魔物が彷徨《さまよ》う森の中なんだよ！

ヨハン爺さんも呆《あき》れている。

「この村に避難したのは、森の人《エルフ》が多いと聞いたけど、森の暮らしを忘れたんじゃないか？」

「ヨハン爺さん、草刈りの見張りをして！」

お願いしたけど、エバー村の親からは指導料をもらっていないので断られた。

「そんなことより、ミクはもっと移動の速度を上げないといけない！」

うっ、それはそうなんだよ。サリーよりも遅いんだ。最終の芋を作っていた間、森歩きに行かなかったからね。

「夏にスミナ山まで塩を取りに行くのに、足手纏《あしでまと》いになるぞ！　エバー村の家畜の世話は、アイツらに任せておけ」

厳しいけど、正しい！

こんな森の中で家畜を飼うのは無理なんだ。

でも、春ならなんとかなったのかも？　春から夏に草を刈って干しておけばね！

「ミク、他の人のことより、自分のことを考えなきゃ駄目よ。護身術も全然駄目じゃない」

うっ、サリー！　確かにね！

風の魔法使いになるサリーでも、弓やナイフの使い方を練習しているのだ。

心配していた草刈りは、エバー村の親が警戒しながら、子ども達がすることになった。森の暮らしを少し思い出したみたいだ。

夕方にバンズ村の皆で狩ってきた大きな魔物を見たからかもね？　森の端では、小物しか見かけないみたい。

私はヨハン爺さんにしごかれている。木間の移動だけでなく、護身術もだ。

ナイフは使わないけど、木の短剣でチビちゃん達とサリーと練習だ。

「ミク、また死んだぞ！」

嫌なことを言わないでよ！　前世でも短命だったんだからね。

サリーにも連敗中だ。悔しい！

「お前達、ミクが相手の時は、利き手じゃない方でやれ！」

チビちゃん達からハンデをもらっても、惨敗だよ。彼方《あっち》は狩人のスキル持ちだからね。あまりに腹が立ったから、蔦《つた》でチビちゃんを転ばした。

「ミク、何をしたの？」

サリーは魔法に敏感だね。

「蔦を伸ばしたのよ……ズルいかしら？」

ヨハン爺さんは、カカカと笑う。

「使えるものは、全て使ったら良いのさ。真っ当に戦って死ぬより、ズルくても生き残った方が良いに決まっている」

それからは、より扱いやすそうな植物を探して練習した。

蔦系でも、早く伸びるものや、簡単に切れないものがある。

「ミクって不思議！　まだ私は風を少し強くして、髪を乾かすことしかできないのに」

うん、春から秋にかけて、村で菜園をいっぱい作ったから、スキルの使い方が何となく分かった気がするんだ。

早く伸びるのはブラックベリー！　それに乾燥した実がいっぱいあるからね。ベルトに小袋を下げて、ブラックベリーを持ち歩く。

手に取って「伸びろ！」と唱えたら、チビちゃんの脚に蔦が伸びる。

弱いから一瞬の足留めにしかならないけど、その一瞬を利用して、木の短剣を首に押し付ける。

「なかなか良いぞ！」

初めてヨハン爺さんに褒めてもらえた。

「ねぇ、ミク？　それを木間の移動に利用したら？　離れていると、届かないでしょう？」

うっ、サリーは風を使ってかなり遠くの木にも跳べるようになったのだ。

「そうかも？」

やってみたら、遠い木にも跳べるようになったけど、乾燥ブラックベリー、食べても美味しいんだよ！　勿体《もったい》ない！

「早くガンズ村に行かないと、矢がもうなくなってしまうわ！　ミク、ミラとバリーの面倒を見てやってね」

ガンズ村には、人間も避難したと聞いたけど、買い物に行っても大丈夫かな？

ママとパパと弓使い達は、ガンズ村に鏃を買いに行ったんだけど、夜になっても帰って来なかった。

「ママ達、遅いわね」

ミラとバリーを抱きしめて、寝かしつける。

いつも夕食後は勝手に寝るけど、ママとパパが帰って来ないから、寝つけなかったのだ。

「もしかしたら、ガンズ村の方は雪が降ったのかも？」

秋の天候は変わりやすい。もう雪が積もってもおかしくないのだ。

それに、行く時に「泊まるかも？」と言っていた。

〇歳児に〇歳児の世話！　前世だったら幼児虐待だけど、ここは厳しい世界だし、いざとなったらワンナ婆さんもいる。

それに、私は前世の背を超えていると思う。九歳程度に見えるんじゃないかな？

前世は十二歳までだったけど、八歳ぐらいにしか見えなかった。

ジミーとかと比べると成長は遅いけど、サリーも遅い方だ。

「魔力の強い子は、成長が少し遅いのさ。その分、長生きだけどね」

ワンナ婆さん、私の成長は十分早いと思うよ。でも、森の人《エルフ》標準では、そうなのかな？

次の日の夕方、ママとパパが帰ってきた。

遅かった理由は、ロバに乗った神父さんを護衛していたからだとすぐに分かったよ。

木を移動して帰れなかったのだ。

「お帰りなさい！」

私とミラとバリーが抱きつくと、キスしてくれた。

うん？　少し表情が険しい。

「ママ、鏃は手に入らなかったの？」

「鏃は手に入ったけど……」

ママが言葉を濁す。

「戦争で、何人も亡くなってたんだ」

パパも険しい顔をしていた。

神父さんが時期はずれに訪ねて来たので、村中の人が集まった。

「神父さん、どうされたのですか？」

神父さんは鞄《かばん》から包みを取り出し、村長さんに渡した。

「これは……こんなに亡くなったのか！」

紙に包まれた髪の毛の束は、いくつもあった。

「名簿と髪の毛しか持ち帰れなかった」

村を出た子を持つ親が泣き崩れた。

村長さんは、名簿を呆然《ぼうぜん》と眺めていたが、涙を拭いて発表する。

その夜は、村中に悲しみが満ちた。

ママの兄弟や甥《おい》や姪《めい》、そして親友が何人も亡くなったし、パパの村の親戚も大勢が亡くなったからだ。


次の日、髪の毛を燃やして、身内で森に撒《ま》いた。

「森を出るべきではなかったのだ！」

「家を増やしていれば、うちの子もここで暮らす道を選んだかもしれない！」

子を亡くした親は、悲しみで村長に食って掛かるけど、それが無意味なのは分かっている。

「この村の生活が嫌な若者を閉じ込めることはできない！」

それに、家を増やしても、そこに住む人がいないと無理だと思う。

神父さんが、泣いている親達を宥《なだ》める。

「戦争は何も生み出さない。では、何故《なぜ》、子どもらが逃げなかったのか？　仲間と一緒に戦うことを選んだのだ」

狩人の村でも、狩りで死人は出る。そして、それは諦めるしかないのだ。子どもを亡くした親が自分に言い聞かせるように呟《つぶや》いた。

「仲間と一緒に死んだのか……ジェフ、お前はそれを選んだのだな」

悲報に悲しみが満ちたけど、森の中は平和だった。人の町では、飢えて亡くなる子どもも大勢いたという。

それに、戦死者は森の人《エルフ》より人間の方が何百倍も多かったのだ。それを、私は全く知らなかった。


十一月になると、雪が積もってきた。

エバー村長は、何頭かの雄山羊を潰して食べることにした。

「山羊は木の枝や皮も食べるけど、それを採りに行くのに見張りがいないといけないからな」

雌山羊と種山羊はなんとか生かしておきたいよ。

帰還した若者だけでも負担だったのに、エバー村の難民は小麦を持っていて、狩りに参加をする人もいるけど、はっきり言って狩人達にはついていけないから、村の食料事情を圧迫する存在だ。

「雪の中を歩いて狩りをするなんて、時間の無駄だ」

そう、エバー村の森の人《エルフ》も狩りはしていたけど、小物が多く、木から木へと跳んで移動することができない人がほとんどなのだ。

狩人の村の出身の森の人《エルフ》達は、何とかついていけるが、エバー村で生まれた森の人《エルフ》は、木間を跳んで移動しない。

「こんなに技術が失われるのは早いのか！」

エバー村長は愕然《がくぜん》としている。

人間に近い生活をしているうちに森の人《エルフ》の技術を失っていたのだ。

「まだ子どもらなら技術を身につけられる。ヨハン爺さんに習わせたら良い」

ヨハン爺さんは、村長さんに「何を言うのだ！」と嫌な顔をしたが、同族の子どもならと渋々引き受けた。

それと、エバー村の親はお金をいっぱい持っているからかもね？　これ、大事！

森歩きに参加するのは、一歳を過ぎた三人だ。この三人は弓や槍《やり》のスキル持ちだから、エバー村でも狩人になる予定だという。それで、ヨハン爺さんは引き受けたのだ。

エバー村の子どもは、狩人以外のスキルもあるそうだ。

私と同じ植物育成もあるのかな？

「エバー村では木間の移動はしないのか？　だが、ここでは木に登れないと死ぬぞ！　先《ま》ずは笛を配るから、魔物が出たら木に登って、ピーと強く、強く吹け！　迷子になったら、木に登って、ピーピーピーと吹くのだ」

リーダーの女の子は綺麗《きれい》な緑色の髪をしていた。

「あのう、木登りをしたことがないのです」

ヨハン爺さんは、深いため息をついた。

「他の子は登れるのか？」

どうやら、エバー村で生きていくのに木登りは必須じゃないみたい。

「今日は木登りだな！　サリー、ミク達は、護身術の練習をしておけ」

へへへ、やっと優越感を味わえるかなと思っていたけど、相手は狩人のスキル持ち！

一日で木登りをマスターして、近くの木に跳び移れるようになった。

それを聞いた親達は、狩人のスキル持ちを全員ヨハン爺さんに預けることにした。

「エバー村長、こんなには面倒見られない！　それに何人かは大人じゃないか！」

確かに！

初めは森の人《エルフ》の歳《とし》が分からなかったけど、一年近く暮らしていくうちに、目を見ると年齢がだいたい分かるようになってきたんだよね。

年齢は目の色に現れる。私やサリーより、生まれたばかりのミラやバリーはかなり濃い緑で黒に近い。そして、ママやパパは少し暗い緑、ヨハン爺さんは、ほぼ黄色に見える緑なのだ。

何人かは、少し暗い緑！　つまり大人だよ。

「大人は倍払う！　それを貯《た》めたら、春には行商人から酒を買えるぞ。こないだは高くて少ししか買えなかったのだろう？」

エバー村長は、村民の弱みを知っているね。ヨハン爺さんは、お酒に弱いのだ。


エバー村の大人達は、前の日から森歩きを始めたエバー村の一歳児ほどは簡単に木から木への移動はできなかったけど、狩りのスキルは持っているから、森の奥へと向かう。

「子ども達は、サリー達と木間の移動だ。魔物を見たら、笛を強く吹くのだぞ！」

私達は、ここまでも木の上を跳んできたから疲れていないけど、初めて組ははぁはぁ言っている。

「私はサリーよ。あちらの金髪がミク」

こんな時は、お喋《しゃべ》り能力の高いサリーが話をする。

リーダーの女の子は、こちらの森歩きメンバーの年長のサリーや私と仲良くやりたいみたい。

チビちゃん達の方が木間の移動は上手《うま》いけど、遊びのリーダーは私。そして、皆をまとめるのはサリーだと見て分かったみたい。

小さな村で生活するには、人間関係を見抜く力が必須だよ。

「ねぇ、木の上で鬼ごっこしない？　身体《からだ》にタッチしたら、その子が鬼になるの！」

遊びは任せて！

これまでも、色々と前世の遊びを思い出してやっているんだ。

前世では見ているだけで、遊べなかったけどね。

「やってみよう！」

エバー村の子達も乗り気だ。

「じゃぁ、じゃんけんで鬼を決めましょう」

「じゃんけん？　それって何？」

ああ、そこから説明しなきゃいけないだ。

グー、チョキ、パーを教えて、じゃんけんだ。

何人かは後出しだったけど、それは良いんだ。どうせ、いずれ鬼はまわってくるからね。

「ミクが鬼だな！　なら五つ数えるだけで良いよ」

うっ、チビちゃんにハンデをもらっちゃったよ。

でも、ハンデがないと捕まえられないかもね。

「ミクは狩人スキルじゃないからな！」

チビちゃん、説明ありがとう！

「数えるわよ！　一、二、三、四、五！」

皆、蜘蛛《くも》の子を散らすように、木を移動して逃げている。

「捕まえるわよ！」

なら、全力で行くよ！

木の枝の上に跳び上がって、手のひらにブラックベリーの実を握る。

三本遠くの木に蔦を投げて、五本遠くの木に跳び移り、また三本遠くの木に蔦を投げ、四本先の木の枝にいたチビちゃんにタッチする。

「俺より近くにエバー村の子がいただろう！」

それで安心していたんだね。

「さぁ、下に降りて十数えるのよ！」

チビちゃんはスパッと雪の上に飛び降りて、数え始める。逃げなきゃね！

午前中、鬼ごっこして遊んで、皆木登りも木間の移動もすごく上達した。私もね！

「お昼にするから、ヨハン爺さんの所へ戻るわよ」

前は、森は何処も同じに見えたけど、今は自分がいる場所が分かる。

これは森の人《エルフ》の特徴なのかもね。森を俯瞰的《ふかんてき》に見られるのだ。まぁ、まだ村の近くの森しか歩いてないから、範囲は狭いけどね。

「ああ、もう昼か？」

私の顔を見て、ヨハン爺さんは笑う。

「昼？　狩りの時は、昼は食べないが？」

村でも狩人はお昼は食べないよ。

「皆の分はないけど、エバー村の子ども達のは持ってきたよ」

背負い籠から薄く削った木で包んである焼き芋を取り出し、解いてサリー達や子ども達に渡す。

ヨハン爺さんは、黙々と食べている。大人達の羨ましそうな目は無視だ。

私達も枝の上に座って食べる。

「子どもは、午後から一緒に木の移動の練習だ。大人は、もっと頑張れ！」

今日から参加したエバー村の三歳の四人が鬼ごっこに参加だ。

後から来た四人は「鬼は五数えるだけで良い」ということになった。

でも、明日からは「十だな！」ってチビちゃんが笑っていたよ。私が鬼の時は五のまんまだ。

大人達も、何とか木の移動を覚えた。

「あんたらは狩りができるのだから、卒業だ！」

ヨハン爺さんは、大人の世話を長々とする気はないみたい。

私達は、エバー村の村長さんに頼まれた山羊の好きな葉っぱや樹皮を集めながら、森歩きを続ける。

籠にいっぱい取って帰ると、銅貨一枚か、山羊の乳がお椀《わん》に一杯もらえる。

銅貨一枚、貧乏な我が家には凄く高価だけど、魔の森の端のエバー村では子どものお小遣い程度みたい。

やはり、バンズ村って商売が下手《へた》すぎるんじゃないかな。

銅貨も欲しいから悩むけど、山羊の乳にする。かぼちゃスープに入れたら、美味しくなるからね。

芋は山ほどあるから、エバー村の子の分も持って行ったら、ヨハン爺さんが交渉してくれて、四個で銅貨一枚もらえるようにしてくれた。

八人いるから、一日で銅貨二枚！　これで春にガラス瓶が買えるかな？　小麦が高いと無理かな？

エバー村の村長さんは、山羊の乳と魔物の肉を交換したり、あれこれ交渉を頑張って冬を乗り越えようとしている。

私が一歳になった十二月、他の村長さん達も集まって会議をすることになった。

「山羊の乳と小麦を渡すから、美味しいスープとお焼きを作ってくれ！　それと、鮭《さけ》の燻製《くんせい》と魔物の肉のシチューも！」

スープとお焼きは、材料を少し提供してくれそうだけど、スモークサーモンは家のじゃん！

ママが交渉してくれて、銅貨百枚もらえることになった。

村長さんも、エバー村長から銅貨をいっぱいもらっているみたいだね。

でも、銅貨は食べられない！

食料は考えながら使っているんだ。山ほどある芋以外はね！

「ミク、村長会の食事とは別に頼みたいことがある。エバー村の人に分ける食材は芋と魔物の肉しかないんだ。普段彼らは小麦粉でパンを焼いて、肉をシチューにしていると聞いたが、避難先に小麦を分けたから、残りが少ないみたいだ。何か、芋でできる簡単で美味しい料理はないかな？　それをエバー村の人達に教えてやってほしい」

村長会は、各村に話しに行ってからだから、先ずは簡単で美味しい芋料理を考える。この簡単っていうのは、『ママでもできる』が基準かな？

芋料理、前世だったらいっぱいあったけど、調味料が塩とハーブぐらいしかないんだよね。

だから、ポテトサラダや肉じゃがは駄目そう。

食べたいなぁ、人間の町なら胡椒《こしょう》とか卵とかあるのかな？　でも、醬油《しょうゆ》はないかもね。

いつか、作れたら良いな。何処かにはあるかもしれないけど。

薬師になれたら、あちこち旅をしてみたいな。

「ない物を考えても仕方ない。ある物で作れる料理を考えなきゃ」

芋を脂で揚げるフライドポテトはママでもできる。これは一品目に決定だ。

それに冬の魔物は脂が乗っているから、揚脂も作りやすい。

芋といえば、ドイツのジャーマンポテトも欠かせない。胡椒はないけど燻製肉はあるし、燻製肉じゃなくても良さそう。夏にいっぱい採ったローズマリーを散らしても美味しいと思う。

それに、作るのが簡単だからね。これは二品目。

「もう少し、手の込んだ物でも良いかな？」

このくらいの料理ならエバー村では作っているかもね。

冬場だから、三品目は温かいスープがいいと思う。シチューは作っていただろうから、芋だけのスープ。大きな鍋で魔物の鶏《とり》がらスープを作って、そこに芋の皮を剥《む》いて入れて炊くだけ。

これも、暖炉に置いておけばできるから簡単だよね。

ただ、スープだけだと少し腹持ちが悪い。まぁ、魔物の肉のステーキと一緒に食べたらいいんじゃないかな。ってことで三品目にする。

「少しぐらいなら小麦粉を使っても良いのかな？」

四品目は芋のガレットだよ。

芋を細く切って、小麦粉を少しまぶしてフライパンで焼くんだ。ここに山羊のチーズを混ぜたら、凄く美味しくなるんだけど、それは各自の懐具合に合わせてアレンジしてもらおう。

五品目は、贅沢にしたくなった。芋のクリームグラタンだよ。

これは、村長会に出しても良いな。エバー村の人達がいる間じゃないと、ミルクもチーズも手に入らないからね。

芋を薄く切って鍋に並べて、ミルクを注いで、チーズを上からかけて焼くだけ。ホワイトソースなんか作らなくても、芋を洗わなければとろみがつくし、チーズを掛ければグラタンっぽくなるよ。

村長さんの家で、芋の料理講習会を開くことになった。集会所には、エバー村の人が住んでいるからね。

材料は村長さんに出してもらうよ。だって、試食会もあるから、十数人分作らなきゃいけないみたいなんだもん。

「ママ、講習会の助手を頼むわ」

「私にできるかしら？　エバー村の人は知らない人ばかりだから、失敗したら恥ずかしいわ」

ママは狩りの腕には自信があるけど、料理は苦手なのだ。それは知っているし、料理が苦手な人でも作れるレシピにしたからね。

「エバー村の人は避難してきて、芋を主食にしなくてはいけなくなって困っているの。普段は小麦を栽培しているのに、足りないんだもの」

ママが助手を引き受けてくれて良かったよ。だって、私は子どもだからね。

講習会には、エバー村の人だけじゃなく、何故かバンズ村の人も来た。狩りに行かない雪の日にしたからかもね。

先ずは、簡単だけど時間がかかる芋のスープを作る。鶏のがらを綺麗に洗うのは、ママも慣れている。

「鶏がらスープは、灰汁《あく》がでたら掬《すく》ってください」

ここで、前日に作った鶏がらスープと差し替える。前世の料理番組の手法だよ。

鶏がらスープに芋の皮を剝いて入れるのは、村長さんの奥さんにも手伝ってもらった。

ママの皮剝きを見ていられなかったのかも。普段より緊張してて指を切りそうだったからね。

「このスープは暖炉の奥に置いておけばできます。次は、芋と薫製肉の炒《いた》め物《もの》です」

ジャーマンポテトは簡単だよね。

いっぱいあるローズマリーを一枝ずつ分けてあげた。

「来年は、私もローズマリーを採ろう」

バンズ村の参加者がローズマリーを採り尽くさないように、栽培方法を教えておく。

「ローズマリーは、枝を挿しておけばすぐに増えます。肉を焼く時に使えば、臭み消しになるし、シチューに入れても風味が良くなりますよ」

村長さんの奥さんが「ミクはよく知っているね」と褒めてくれたよ。

芋のガレットは、細切りが少し手間かなって心配していたけど、チーズを入れて焼くことになった。

「チーズはなくても大丈夫です」と一応言っておく。

芋のグラタンは、御馳走《ごちそう》だと皆が注目したよ。

特に村長さんの奥さんは、バンズ村でも山羊を飼いたいと目が輝いていた。

「神父さんや、行商人に料理を振る舞うのが大変なのよ。だからといって、人間の町の方が美味しいとか思われたくないのよね」

フライドポテトは最後にした。

他の料理も同じだけど、特にフライドポテトは熱い方が美味しいからね。

これはママに任せて、私と村長さんの奥さんとバンズ村の参加者で、芋のスープをカップに注《つ》いだり、ジャーマンポテトやガレットを大皿に盛って、取り分け皿を用意する。

グラタンとフライドポテトができたら、試食だ。

「まぁ、スープは簡単で大人数の食事が一気にできて嬉《うれ》しいわ。それに、芋を揚げるなんて知らなかったけど、とても美味しい」

ガレットはとても好評だったし、芋のグラタンは平和になったらエバー村の郷土料理になりそうなほど、皆に絶賛された。

「大成功だったな。ミク、お疲れ様。村長会も成功すればいいのだが……」

今回の試食会で、バンズ村の参加者からもちょくちょく料理の相談をされるようになった。

村長さんみたいに手間賃をくれるわけではなかったけど、変わった森の果物や植物をくれるから嬉しい。

村長が集まっての会議は、大揉《おおも》めになったそうだ。

村長さん以外に長老としてヨハン爺さんも参加したから、後で聞いたんだよ。

エバー村は人間のハインツ王国に属するのかどうか？　これは全員が「属するものか！」と拒否した。

種族的に違うからね！　人間の王様なんか必要じゃない。でも、あちらはそう考えていないのが問題なんだ。

「森の狩人村までは、流石《さすが》に自分の国だとは言わないだろう。そんなことを言ったらアルカディアが許さないのは明白だからな」

人間もアルカディアを恐れている。魔法使いが多いし、怒らせると街ごと破壊されかねないからだ。よくは知らないけど、そんなことが大昔にあったそうだ。

森の人《エルフ》は綺麗な顔立ちの人が多いから、人間側がアルカディアを騙《だま》して、奴隷《どれい》にしたみたい。けれど、アルカディアが王国ごと滅ぼす勢いで攻めて、奴隷達を取り戻したそうだ。

アルカディアの森の人《エルフ》達は、普段は狩人の村を少し下に見ているけど、同じ種族が奴隷にされるのはプライドが傷ついたのか、同族愛なのかな？

それに人間が森の中まで入って来ないのは、大型の魔物が怖いからだ。

「エバー村は小麦も栽培しているし、家畜も飼っている。それに人間も住んでいるから、王国は勘違いしやすいのだ」

鍛冶師がいるガンズ村は、森の端のエバー村に一番近い。

大勢の避難民も受け入れているから、負担も大きい。

ガンズ村の村長さんが、前から考えていた不満を述べる。

「村の若者達も今回の戦争で、人間の町には戻りたくないと言う者もいる。新しい村を作ったらどうだろう？」

これが本題なのだ。バンズ村長やエバー村長の願いでもある。

「エバー村の小麦畑や家畜は、また狙われるだろう。その時に、避難できる村を森の中に作っておきたい」

いくつもの村に避難して、肩身の狭い暮らしにうんざりしたエバー村長の希望だ。

これも全員が同意したけど、ここから大揉めになったのだ。

「何処に新しい村を作るのか？」

「そこにはエバー村の住民だけでなく、どのくらい他の村の住民を受け入れるのか？」

大揉めになったけど、ここで昼食休憩だ。

かぼちゃスープには山羊の乳がいっぱい入っているから、滑らかで美味しい。それにお焼き。初めて食べた他の村の人は感激している。

スモークサーモンには、干したフェンネルを掛けて、臭みを消す。付け合わせは、キャベツの酢漬けだ。

「鮭の燻製か！　美味《うま》いな！」

魔物の肉と芋の炊いたのは、生姜《しょうが》ですっきりさせている。

デザートは、りんごを焼いたのだ。

「この村には良い調理人がいるみたいだと褒められたよ」

村長さんにお礼を言われたけど、新しい村の位置は、まだ決まっていないみたい。

今日中に決まるのかな？

それは大人達に任せて、残ったご馳走を森歩きの子ども達と食べる。

このくらいの役得はないとね！　まぁ、代金ももらったけどさ！

冬中続いた戦争も、春に差し掛かった頃には終わった。

なんとかハインツ王国が勝ったみたい。

「何故、寒い冬に戦争をするのかしら？」

サリーが首を傾《かし》げている。

「本格的な春になったら、農作業をさせないといけないからよ！」

これは、前世の戦国時代の武将の話を本で読んでいるから分かるよ。

「ミクは賢いな！」

ヨハン爺さんが褒めてくれた。

エバー村の住民の半分は、元の村に帰るみたい。後の半分は、新しい村を作ることに決まったよ。

森の中に作る新しい村は、ニューエバー村だってさ。

人間は住まないから、狩人スキル持ちの森の人《エルフ》だけで、バンズ村より倍の大きさになる予定だそうだ。

大人達は、狩りに行く人と村を作る人に分かれて忙しそう。

若者小屋の帰還者の数人は、このニューエバー村に移るそうだ。他の村も同じみたい。その人達は村作りに専念している。

エバー村の住民が多いけど、他の村から若者を受け入れて、新しい狩人の村ができる。

一つ違うのは、赤ちゃん連れが避難できるように、集会場に個室をいくつか作るみたい。ここには、神父さんや行商人も泊まるんだってさ。

私達の後から参加したチビちゃん達も、森歩きを卒業した。親や兄弟達と狩りに行くみたい。

ワンナ婆さんの小屋を卒業したチビちゃんが加わった。

私とサリーは居残りだよ。夏までに卒業しないとミラとバリーに追い越されちゃう！

サリーも弟が一緒だから、かなり顔が強張《こわば》っている。

「頑張ろうね！」と拳をぶつけ合うよ。

ニューエバー村に移るエバー村の子ども達は、このまま森歩きに参加する。二歳の子達は、卒業して村作りのお手伝いに行くそうだ。

「卒業って、木から木へ移動できるようになったら、って話だった筈よね？」

サリーは弟と一緒なのが不満みたい。

それを言うなら、私も卒業で良いんじゃない？

「二人は、風を使ったり、植物を使っているじゃないか！　いざという時、魔力切れだと困るぞ。それにミクは護身術も弓も全然駄目だろう！」

ぶー！　サリーと一緒に文句を言うけど、ヨハン爺さんの合格判定が出ないと卒業できないのだ。

これは、お金を払ってくれている親達も絶対に譲らない。森の人《エルフ》として、ちゃんと森歩きができないと駄目みたい。

ただ、春になったら、私は忙しい！　特にこの冬は人数が増えたから、本当なら残っている芋すらも箱の底が見えている状態なのだ。

ママとパパがエバー村の村長に多く売りすぎたんだよ！　小麦や鏃にお金がいっぱい掛かったからね。

冬の間に、ママとパパは木の器とかをいっぱい作った。これは売る用だ！

今度こそ、小麦をいっぱい買えたら、ガラス瓶を手に入れて、天然酵母を作って、柔らかなパンを焼くんだ！

そして、春が訪れた。

芋を植えたら、森歩きに出発だ。春の森歩きは初めて。

地面はまだ少しぬかるんでいるから、私やサリーやエバー村の子ども達は、木を使って移動しているけど、初めて参加するチビちゃん達はヨハン爺さんが歩いたあとを追いかけている。

ヨハン爺さんは、なるべく乾いた地面を選んで歩くからね。

木登り、チビちゃん達は一日でクリア！

明日は木から木へと移動するみたい。ヤバいよ！

「サリー、このままでは負けそうだよ！」

二人でなるべく風魔法や蔦を使わないで移動しようと頑張る。

「これ！」

狩りから帰る途中のジミーが私を見つけて、跳んできた。

私の手のひらに、綺麗な黄緑色の蕗《ふき》のとうを落とす。

「あっ、これ食べられるよ！　どこで見つけたの？」

ジミーが笑って案内してくれる。

たどり着いた先は水場の近くだったから、ジミーが魔物を警戒している間に、蕗のとうを採る。

「水セリも採って良い？」

これは少しだけだよ。これからが本番だからね。

ヨハン爺さんは「おっ、蕗のとうか！」と欲しそうにしてたから、少しお裾分けだ。

サリーは「苦いからいらない！」だそうだ。

エバー村の子ども達は、籠いっぱいに葉っぱや樹皮を採っている。

「明日は、川まで行くぞ！」

チビちゃん達は歩いてだよね？　なんて、年下の子と比べてどうするの？


春になったら巡回神父さんがやって来る。

今年は、戦争があって色々と精神的に不安定な人が多いから、ゆっくりと相談する時間も設けるそうだ。

そして、うちはミラとバリーが洗礼を受けるのだ。

洗礼式用に新しい服を二着、ママと縫う。

洗礼式の時は、皆で順番に桶《おけ》で風呂に入り、ミラとバリーは特に綺麗に洗ったよ。

椿油《つばきあぶら》は残り少ないけど、ミラとバリーの髪の毛を梳《と》かす櫛《くし》につける。

「可愛《かわい》い！」

ミラとバリーを抱きしめてキスをする。

家の妹と弟、マジ可愛いよ。

サリーの弟とミラ、バリー、後二人が今年の洗礼を受ける子どもだ。

その中のヨシは、ヨハン爺さんの森歩きに参加していない。その理由は……洗礼を受けて分かったよ。

「今年も、エスティーリョの子どもが冬を乗り切ってくれたね」

戦争で若者が何人も亡くなったけど、今は洗礼式だから、言わない。

後から森歩きに参加したチビちゃんは弓スキルだった。

そうだと思ったよ！　木の移動をすぐにマスターしたからね。

「ヨシは……神に仕える子になる」

ヨシの両親は、やはりと肩を落としている。

神に仕える子は、成長も遅いし、森の人《エルフ》の特徴が現れ難《にく》いのだ。

神父さんも森の人《エルフ》だけど、木を使っで移動しないで、ロバに乗っている。人間の町の移動には便利なのかもね？

「この子はどうなるのでしょう？」

神父さんは、後で話そうと言って、サリーの弟の顔を洗面器のような洗礼盤にズボンと浸《つ》ける。

「この子は槍使いだ！」

サリーの両親は嬉しそうだ。胸が少しズキンとした。

今度は、ミラとバリーだ。

「ミラは、弓使いだな」

緊張していたママがパッと顔を綻ばせる。ズキン！

「バリーは、斧《おの》使いだ」

パパがぎゅっとバリーを抱きしめた。ズキン！

ママが私を抱きしめて「ミクは、ミクよ！」と言ってくれた。

少しだけ、ズキンと痛む胸が楽になったよ。

私とサリーがこの場にいるのは、神父さんに呼ばれたからだけど、少し居心地が悪い。狩人の村で、狩人スキルを持っていないのは私達だけだからね。

親もそれを気遣っているのがビシバシ感じる。

私とサリー以外に、ヨシの両親、サリーの両親、私の両親が残った。

「ヨシは、いずれ人間の町の教会で神父になる修業をする。それまでは、村でできることを学んだら良い」

村でできること？

森歩きにもヨハン爺さんは連れて行かないのに？

「ヨシは、他の森の人《エルフ》よりはゆっくりとした成長になるだろう。夏には森歩きに参加できるようになるさ」

それを聞いて、ヨシの両親は少しホッとしたみたい。

「ミク、文字と数字をヨシに教えてくれないか？」

それは良いんだよ。ヨシの姉にはワンナ婆さんの家でお世話になったからね。人形遊びの相手にされたとも言うけどさ。

ここでヨシは両親と一緒に家に帰った。

残るサリーと私は、少しドキドキする。残された理由は、修業先のことだろうか？

「サリーは、人間の町で魔法使いの弟子になりたいと言っていたが、考え直さないか？」

サリーは不満そうな顔をしたけど、両親はその方が良いと説得モードだ。

「実は、修業先にと考えていた魔法使いが戦争で全員亡くなってしまったのだ。この戦争の犠牲者は数多く、魔法使いと弓使いは真っ先に攻撃対象になったからな。残った魔法使いは、まだ若くて修業先とするには不安だ」

神父さんは、亡くなった人達を思って少し目を瞑《つぶ》った。

ここから近いハインツ王国の魔法使いは、ほぼ全滅状態だそうだ。若手しか生き残っていない。

相手国のリドニア王国の魔法使いも大勢が犠牲になったと聞いて、サリーのママが彼女をぎゅっと抱きしめる。サリーも戦争に駆り出されるとは考えていなかったみたい。

「師匠が徴兵されたら、弟子も一緒に徴兵されるのですか？」

サリーのパパが神父さんに訊《き》いている。

「修業の最中や年季期間は、そうなるだろうな」

サリーのママが「駄目よ！」と泣き出した。

「でも、アルカディアでは下っ端なのよ！　それに下働きをしながら修業なんて嫌よ」

ふぅと、神父さんは大きなため息をつく。アルカディアの選民意識に批判的なのだ。

「だから、ミクも残ってもらったのだ。ミクと一緒に下働きをするのなら、サリーの気も楽になるだろう」

今度は、うちのママとパパが困った顔になる。

「ミクは三歳まで村にいる予定なのです。サリーは二歳で修業に出ると言っていましたけど？」

ママが神父さんに質問する。

すかさずサリーのママが「そちらに合わせるよ！」と勝手に返事をした。人間の町に行くのは、初めから反対だったみたいだからね。

「ママ、そんなことを勝手に決めないで！　確かに人間の町に行くのは不安になったわ。それに、ミクと一緒なのは心強い。でも、修業する師匠は別なのよ！」

神父さんがニッコリと笑う。

「なら、サリーはミクと同じ師匠の所なら良いのだね」

えっ？　意味不明だよ！

「アルカディアの風の魔法使いの第一人者アリエルと、薬師トップのオリヴィエは姉妹で、同じ屋敷に住んでいるのだ。二人とも、今回の戦争で森の人《エルフ》からも多くの犠牲が出たことに胸を痛めているから、弟子を取ることを了承してくれた」

うん？　話だけ聞くと良さそうだけど、何か引っかかる。

「その姉妹は、まだ若いのですか？」

パパが質問するよ。

「いや、アルカディアの長老会に属しているから、師匠と、い、いては優秀だ」

師匠としては？

嫌な予感！　全員が引っかかったみたい。

村長さんが、聞き難い質問をしてくれた。

「その二人は何か問題を抱えているのですか？」

神父さんが汗をハンカチで拭く。怪しい！

「少し変人だと噂《うわさ》されているだけだ。長老会に属しているから、魔法使いと薬師としての腕は立派だぞ」

変人？　どんな風にだろう？

「それに、その二人には弟子がいないから、兄弟子達に威張られることもない！」

自信満々に言うけど、それって余計に心配だよ。

「長老会に入るまで弟子を取っていなかったのですか？」

パパも心配そうだ。

教えるのは素人《しろうと》同然ってことだよね。でも、サリーの両親は安心したみたい。

変人であろうが、同族の魔法使いだし、長老会のメンバーなら立派なのだろうと思うことにする。

「ミク、どうする？」

サリーがこんなことを言うのは、自分はそれでも良いと考えているからだ。

「私は元々アルカディアに行くつもりだったから、それでも良いけど……」

ここで、神父さんが話をまとめる。

「サリーは二歳で修業に出ると言っていたが、二歳半まで待ちなさい。ミクは予定の三歳より早いけど、来年の春に私と一緒にアルカディアに行こう」

私は二歳と四ヶ月で修業に出るみたいだよ！

やっぱりこの世界は子どもに厳しいね！


来年の春には私とサリーがアルカディアに行くと聞いたヨハン爺さんは、凄く張り切って私達を鍛え始めた。

「アルカディアの連中に馬鹿にされないようにしないとな！」

いや、そんなの無理だよ。と諦めモードだったけど、私なりに頑張って、蔦を使わなくてもなんとか木を跳んで移動できるようになった。

サリーは弓もかなり上手い。風を使っているのかも？

私？　まぁ、下手だけど、蛙《かえる》ぐらいは倒したよ。水筒ゲットだ！

生まれて二度目の夏、ひまわりをいっぱい植えたよ。

そして、バンズ村で過ごす最後の夏になるから、村の子ども達といっぱい遊ぶし、教えなくてはいけないこともある。

「ヨシだけじゃなく、私にも文字を教えて！」

サリーに言われて、それならとワンナ婆さんの家で教えようと思ったら、雨の日に、集会場で親も含めた村人達に教えることになった。


ヨハン爺さん達はもう自分の家に戻っているから、集会場は私の家より広いと思ったけど、人数が増えたからね。まるで先生みたいだよ。前世では数日しか学校に通えなかったのにさ。

当時ワンナ婆さんの所に預けられたマックやお姉ちゃん、そして、ジミーやチビちゃん達とヨナも参加する。懐かしいよ！　村では会うけど、そんなに話したりしないからね。

私はパパに頼んで板を何枚も作ってもらった。

一枚は大きな板で、集会場の壁に釘《くぎ》で打ちつけてもらったよ。そこには、文字と数字を大きく書く。あと、母音と子音もね！　これ大事だから！

もう一枚は、簡単な単語を書いて、練習する為《ため》の板だ。前世の黒板的な物だね。ナイフで削るけど、名前や矢や槍や斧、小麦、芋、鍋とか生活に必要な単語を書いてある。

「この文字を読んでいくわよ！　真似《まね》をしてね！」

先ずは、読み方から始める。

サリーは、少しは文字を知っているから簡単そう。

書くのは難しいみたい。皆、枝を持って字を書くのは初めてだし、鉛筆とノートみたいにはいかないからね。

でも、親が私に指導代を払っているのを知っているから、皆必死だよ。魔物を倒して得たお金だからね。ぼんやりとしている子はいない。

妹と弟のミラとバリー、サリーの弟にも勉強させるよ。

算数は、簡単な計算だけど、弓使いは計算が早いね。

「朝、矢筒の中に矢が十八本あったけど、獲物を仕留めるのに十本射て八本は回収できた。今矢筒にあるのは何本？」

ジミーもすぐに「十六本！」と答えたよ。

「今、銅貨を三十枚持っていて、一升で銅貨七枚の小麦粉は幾ら買えるか？」

これも「四升！」と全員が即答だ。

それなのに数字で「四＋五＝？」とか板に書くと、頭を抱え込んじゃうんだ。何故？

「鳥が四羽、そこに五羽飛んできた。何羽いる？」と聞くと「九羽」と即答なのにね！

村長さんが様子を見にきて、爆笑していたよ。

「ミク、大人にも文字を教えてくれ！」

エバー村の大人は、全員字が書けるから、村長さんも少し考え直したみたい。

「それは、ヨシにしてもらうわ！」

ヨシは、森の人《エルフ》としての成長は遅いけど、凄く賢いもの。神父さんに去年借りた、エスティーリヨ教の子ども用教典もすでに暗記している。

「そうだな！　ミクには、菜園の作り方も教えてほしいからな」

やれやれ！

でも、ミラとバリーには教え込むつもり。

私は来年の夏には、もういないのだから。


芋の植え方は、すぐにミラとバリーも覚えた。

「本当は、芋は三ヶ月以上しないと収穫できないのよ」

これも言っておかないと、失敗だと思うかもしれないからね。

「玉ねぎ、キャベツは、苗を作ってから植えるの」

やってみせ、ミラとバリーにもやらせるけど、来年まで覚えているかな？　パパに木の板をいっぱい作ってもらって、植え方を書いた。

「トマト、ナスは同じ場所に連続で植えたら育たないから、覚えておかないといけない」

文字の上にトマトの絵を描いてあるから、探しやすいだろう。

でも、こんなことを書いたりするのは、雨の日だよ。小雨なら森歩きもするけど、ザーザー雨の日は、ヨハン爺さんも休みたいみたい。

それと、ミラとバリーともいっぱい遊ぶ。

あやとりだけでなく、あっち向いてホイ！　とかもね。

子ども用のベッドが二つになって、大人のベッドの下に一つは入れているけど、部屋が狭くなっている。だから、走り回らないで遊べるのを考えなきゃね。

ナイフ使いの練習にもなるから、燻製のチップを作ったりするのも暇つぶしには良いね。

ああ、そうだ！

春の行商人から小麦を買えたから、ガラス瓶も買って、天然酵母パンも作れるようになったよ。

でも、暖炉だけではやはり限界があるから、パパにお願いして小屋の外に石窯を作ってもらった。

チーズがあればピザが作れそうだけど、もうすぐエバー村の住人は引っ越すからね。

でも、石窯ができて、柔らかいパン（前世のと比べたら硬いけど）が焼けるようになったから、材料費と手間代を考えて、銅貨三枚で売って小遣いを稼ぐ。薪《まき》も使うからね！

春は、小麦の値段が少し安くなったけど、戦争以前よりは高かった。でも、これからはエバー村の小麦を狩人の村で売ると決まったから、少しは安くなれば良いな。

秋には綺麗な生地を手に入れたいから、私はこうやってお金を少しずつ貯めている。

鮭の燻製は、他の家もウロを取ってきて作るようになったから、そんなには儲《もう》からない。

今は、天然酵母と石窯のパンだね！

「塩を取りにスミナ山に行くわよ！」

ママは張り切っているけど、遠いよ！

私は蛙の革で作った水筒を肩からぶら下げ、籠を背負って、村の門に集合する。

ミラとバリーは、ヨハン爺さんと森歩きだ。

「来年には、お前達も塩を取りに行くのだから、木間の移動を早くしないといけないぞ！」

そう、この子達はもう移動できるようになったんだよ。

「ルミ、ミクとサリーの面倒を見てくれ！」

パパは先行するようで、ママが遅れそうな私達の護衛みたい。

「ミク、今日は美味しそうな植物を見ても、足を止めないでね。夜までに帰りたいから」

先行する人達は、あっという間に見えなくなったよ。

「先に行って、岩塩を籠に積んでおくのよ！」

後ろからついていく私達の籠を持っていったのは、そういう意味なんだね。

今日は、私もサリーも蔓《つる》や風を使って速さ優先で進むけど、ママの後を追うのに必死だよ。

それに、スミナ山に近くなったら、木が少なくなってきた。

「ここからは歩きなのよ」

スチャッと地面に降りて、少し休憩だ。

サリーと私は水を飲む。

「ママも飲んだら？」

普段は水もあまり飲まないのかな？

ママは「ありがとう！」と受け取って少し飲むだけだ。

そこからは山登りだけど、ママは木から木に移動する要領で、岩から岩へ跳んで進む。

私とサリーも頑張って登るよ！

「あそこに鹿がいるわ！　塩場にも魔物が集まるのよ」

ママが矢を構える前に、他の狩人が鹿を仕留めた。

「美味しそうな植物も採っちゃ駄目って言ったのに！」

つい文句を言っちゃうよ。

「解体したら、そんなに重くはないわ！」

苦しい言い訳だね。

狩人の村の森の人《エルフ》は、狩りが大好きなのだ。

「それに、お昼に食べたら良いのよ！」

塩は周りにいっぱいあるし、それは美味しいかも？

お腹《なか》がグーッと鳴っちゃった。


採掘場に着いたら、岩塩はもう私とサリーの籠にいっぱいだった。

「肉を食べたら、帰りなさい！」

他の人はこれから岩塩を掘って、籠に入れるみたい。

「美味しいね！」

木の枝に刺した肉をもらって、サリーと二人並んで座って食べる。

「ミク、サリー、あれがアルカディアだよ！」

パパも枝に刺した肉を食べながら、遠くに見える塔を指差して教えてくれた。

「村とは違うのね！」

森の木々に埋まっていて、全体は分からないけど、高い塔は見えた。

「ああ、でも村長さんは、人間の町とも違うと言っていたな。大きな木が村の中にも生えているそうだ」

ふうん、どんな感じなのかな？

塔を見ながら肉を食べて、水を飲んだら、私とサリーはママと帰る。

「重たい！」

行きはなんとかママについていけたけど、帰りは籠いっぱいに岩塩が入っているので、跳びにくい。

「ゆっくり帰るつもりだけど、無理だったら笛を吹いて止めてね」

ママのゆっくりは、私のかなり速いと同じだよ。

スミナ山を降りて、木を跳んで移動していたら、チビちゃん達に追い抜かれた。

そこからは、どんどん追い抜かれていったよ。

子どもや若者が行った後に、大人達がやって来た。

いつもよりも大きな籠を背負った大人達も先に行ったけど、パパは一緒に行こうと残ってくれた。

なんとか夕方には村に着いた。

夏の日の入りが遅くて良かったよ。ゼィゼィ！

「お帰り！」

ミラとバリーに出迎えてもらう。

「ただいま！」

はぁ、籠を置いたら、くたくたと床に座っちゃった。

「ミク、頑張ったな！」

ママとパパに褒めてもらったけど、ドンケツだったよ。

こうして、私の村で過ごす最後の夏は過ぎていった。

背はぐんぐんと伸びて、サリーに追いついたよ！　これ、とっても嬉しかった。

それと、ヨハン爺さんの森歩きを卒業した。木の間を跳ぶ特訓をしていた時は、早く卒業したいと思っていたのに、なんだか寂しい。

夏が過ぎたら、秋だ！

夏を惜しむ暇なんか、狩人の村にはない。

厳しい冬に向けて、食料を保存しなくてはいけないからだ。

私は、ヨハン爺さんの森歩きを卒業したけど、今度はミラとバリーが行っている。

「きのこや木の実を見たら、教えてね！」

私は、基本的には村の中が活動場所になっている。村中の菜園の管理をしているからだ。

「そろそろ芋を植えよう！」

秋が深まってきたので、いつ雪が降り出すか分からない。だから、保存がしやすい芋を各家の前の菜園に植える。

とはいえ、時には森に行って、きのこや植物も採取する。

ミラとバリーに聞いた、きのこが生えている場所に行くんだ。そんな時は、サリーと一緒だよ。

私達二人は、親と狩りに行かないからね。

本当なら、狩人達との狩りについていけなくても、親と近場で小物を狩る年頃なんだ。なんとなく、余所者《よそもの》の気分になるのは仕方ないかな？


秋は鮭も来たし、行商人も来た。

一歳になったバリーは、私の背を抜いた。ショック！

だから、私とミラは子ども用のベッドで一緒に寝ているんだ。

知らない人が見たら、ミラと私が双子だと思うかも？　同じ金髪だし、よく似ているからね。

バリーは、行商人に私達双子のお兄さんと間違えられて、棒飴《あめ》をもらえなくてショックを受けていた。

私の飴をあげたけどさ。だって、私はバリーのお姉ちゃんだからね！

それと、アルカディアに着ていく服の布地と靴を買ってもらった。

「どの色が良い？」

サリーは薄い緑色の生地を選んだけど、それは人間の町の魔法使いの弟子になると思っていたからだ。下働きが、どんなことをするのかは分からないけど、汚れが目立たない色の方が良さそう。

「この茶色が良いわ」

他の薄い青色の生地とかより、目が細かいし、肌触りが良い。

「地味じゃない？」

そんなことを言うママの服は、生成りの生地を玉ねぎの皮で染めた、少しムラのある茶色だ。

「綺麗な茶色だし、手触りも良いから」

靴はモカシンみたいなのだけど、大きすぎない？

「すぐにピッタリになるわ」

ママはそう言うけど、これでは木を移動している間に、地面に落としそう。春までは、今の靴を履いていよう。

「相変わらず、小麦は高いね！」

小麦は、戦争の年よりは安くなったけど、前よりは高いままだ。

エバー村の小麦も入ってくるようになったけど、今年はニューエバー村を作ったりした影響で、量は多くない。

「男の人が大勢亡くなって、畑も荒れているからな」

行商人も不満に思っているみたい。

森の人《エルフ》も戦争の影響を受けたけど、人間の町ほどではないようだ。

「商売、あがったりだよ！　それに残党兵が盗賊になったり、治安も悪い！　早く落ち着いてもらわないと、困る」

本当に、何故、戦争なんかするんだろうね！

食べ盛りの子どもが三人もいる我が家は、小麦が足りそうにない。その分、芋はいっぱいあるけどね。


畑仕事の畝《うね》を作るのとか水を汲《く》むのは、ミラとバリーが手伝ってくれる。私は水やりや、植物の成長を促すだけだ。

若者小屋のスープ作りも、指導して本人達に作らせる。だって、春にはアルカディアに行くのだから。賄いの小母《おば》ちゃんをいつまでもしていられないよ。


それから、私は他の村にも行った。

「ここがニューエバー村よ」

狩りが大好きなママが狩りを休んで、連れてきてくれたのだ。

ニューエバー村は新しくて、うちの村よりも大きい。

それに若い人が多いから、子どもも多そう！

初めて他の村に来たので、きょろきょろしちゃう。

「ここなら、ミクが薬師の修業を終えたら住めると思うの。エバー村は、森の端すぎて怖いわ」

何故、ここに連れてきてくれたのか分かったよ。修業を終えた後の住む候補地を見せたかったのだろう。

若者小屋に住んだら、八歳頃から夏に他の村を回って交流するけど、アルカディアに修業に出たら、そんな機会はないからね。

確かに、狩人の村と違って面積も大きいし、村の外にも囲いを作って、小麦などを育てている。

「エバー村の小麦畑よりは狭いみたいだけど、この村には家畜もいるし、ミクの料理も色々作れると思うわ」

なかなか良さそうだけど、修業を終えた後に考えるよ！

まだ一歳だからね。

冬は、芋と肉がメインの食材になる。

小麦は大切に使うよ。

ママとパパが狩りに行って肉をもらってくるけど、それだけでは足りない。

私とミラとバリーも、食べ盛りなのだ。

「今年の冬は厳しいな」

二歳になった十二月は、毎日、雪が降っている。

少しぐらいの雪なら、狩人達は平気な顔をして狩りに行くけど、吹雪《ふぶ》いている日は、流石に行かない。

「鮭の塩漬けでスープを作るわ」

ママとパパは木の器を作っているし、ミラとバリーは私のお手伝いだ。

「こうやって、鮭を切ってスープを作るのよ」

ハーブも入れるけど、芋の皮剝きは、ミラには無理そう！　芋が小さくなりすぎる。勿体無いよ！

「バリー、芋の皮剝きをしてね！」

どうやら、ミラはママに似たみたい。ナイフの使い方は上手いのに、料理は苦手なんて、不思議だね？

バリーは、意外と器用だ。こちらに料理を教えよう。

塩鮭のスープは、芋のとろみが加わって、身体が温まる。

「美味しい！」

食べ盛りのバリーは、お代わりをしたよ。

私とミラは、残ったスープを半分ずつお代わりをした。

「今日は狩りに行っていないから、お腹は空《す》いてないんだ」

ママとパパがそう言うからね。

失敗した！　前と同じぐらいしか作らなかったんだ。ミラとバリーがもっと小さかった頃なら、足りていた筈。

ママとパパは子どもに譲ったけど、明日はもう少し多めに作ろう！

水を多くしたら良いんだよ。


この冬は、狩りに行く日が少なくなるかもしれない。肉も燻製にしたり、塩漬けにしてあるけど、色々と工夫しなくちゃね。

芋は、他の家の手伝いをしたから、食べ盛りの子どもがいても食べきれないほどある。

「とろみがあると、お腹一杯になった気がするし、温まると思うわ」

パパに頼んで、硬い木の板に何個も穴を開けてもらう。

「お姉ちゃん、何を作るの？」

芋の皮を剝いていたら、ミラとバリーが側《そば》に来た。美味しい物を作っていると期待しているけど、違うんだよね。

「芋をすり下ろすのよ」

ガリガリとすり下ろすけど、木の穴だけだから難しい。

「貸して！」

これは、ミラやバリーの方が力が強いから早い。

私は、皮を剝いたり、新しい布で袋を縫う。すった芋は、袋に入れて、大きな鍋の中でもみ洗いする。

「水が濁ってきたでしょ！」

少し置いておくと、上に薄い茶色の水と、下に沈澱《ちんでん》した粉とに分かれた。

「この上の水をソッと捨てるのを繰り返して、澄んだ水になったら、下に溜《た》まった粉を乾かすのよ」

芋から片栗粉《かたくりこ》を作る。これで、スープにとろみがつきやすくなるよ。

「ミラやバリーもよく見て覚えておくのよ。ほら、スープに水でといた粉を入れて、一煮立ちさせたら、トロトロになるでしょ！」

具を節約しても、とろみがあると腹持ちも良いし、温まる。

何回か練習させて、ダマにならないようにかき混ぜさせたり、火を通さないとトロトロにならないのを教える。

来年の冬は一緒に過ごせないから、覚えてほしいんだ。

冬の間に、アルカディアに行く準備もする。

秋に来た行商人から茶色の布を買ってもらったから、それで服を縫っているんだ。

アルカディアでは、狩人でない女の人は、スカートをはいていると村長さんが教えてくれた。

でも、私は修業の代わりに下働きをするのだ。長いスカートより、チュニックとズボンの方が動きやすい。

それと下着も何枚か縫ったよ！

「全部、だぶだぶだわ！」

ママの採寸は、とてもいい加減だ。

「すぐに大きくなるわ」

まぁ、それもそうだけど、きつく紐《ひも》を縛らないとパンツもズボンも落ちてしまう。

雪の合間の日には、サリーと持って行く物を見せ合ったりする。

「綺麗な緑色のワンピースにしたのね！」

サリーは村長さんの言葉通りに、ワンピースを縫ってもらった。違うのは、ワンピースの中にズボンをはくところだね。やはり森の人《エルフ》だから、木の移動も捨てがたいのかも？

「でも、大きすぎるの！」

ああ、サリーのママもうちのママと一緒でいい加減そうだ。

「裾を上げたら良いのよ！」

「みっともないわ！」

私のアドバイスは却下された。

ズボンがスカート部分の裾から見えるのは、嫌なのだそうだ。サリーなりの価値観だから、私には理解不能だよ。

私の茶色の生地で作ったチュニックとズボン、サリーにも大きすぎると呆れられた。

「ピッタリになる頃には、服が古びていそうだわ」

サリーの服も大きいけど、私のは本当に大きすぎると笑う。

厳しい冬には、悲しい別れもあった。

あんなに元気に若者小屋の子を叱りつけていたセナ婆さんが、亡くなったのだ。

身内だけでなく、若者小屋の全員で、セナ婆さんの遺灰を森へ撒きに行ったよ。

それと、もう一つショックを受けたのが、ヨハン爺さんが森歩きを辞めたんだ。

「もう、俺も歳だ……他の人に譲るさ！」

私は、ずっと、ずっと、ヨハン爺さんが、子ども達を森歩きに連れて行くものだと思っていた。

ヨハン爺さんは、ワンナ婆さんと一緒に住むみたいだけど……ワンナ婆さんも、かなり老け込んだ。

前は白髪混じりの青い髪だったのに、今は白髪の中に青い髪がある感じなんだ。

この変化は、別れの前触れのような気がした。

アルカディアに修業に行って、戻って来たとしても、もう私の村とは感じなくなる気がしたんだ。

ママやパパやミラやバリーには会えるかもしれないけど、ここはもう私の村じゃない！

二歳で旅立つ私の背中を、セナ婆さんにパンと叩《たた》かれた気持ちになったよ。

『しゃんとしな！』

私を取り上げてくれた助産師のセナ婆さん！

赤ちゃんの頃、子守りをしてくれたワンナ婆さん！

木から木へとなかなか跳び移れない私を、根気よく森歩きに連れて行ってくれたヨハン爺さん！

「頑張って修業するよ！」

幕間　友達と一緒！（サリー視点）

私は、ずっと魔法使いになりたかった。それを口にしたら、馬鹿にされたけどね。

「アルカディアの森の人《エルフ》じゃあるまいし！　狩人《かりゅうど》の村の森の人《エルフ》は狩人のスキルがもらえるのさ」

多分、そうなのかもしれないけど、憧れるのは勝手だよね。

いつから魔法使いになりたいと思ったのか？　若者小屋のお兄さん達が話しているのを聞いた時からかも？

「人間の町に行って、どうやって暮らすんだ？」

「冒険者ギルドに入って、仕事をして食べて行くのさ。魔物の討伐や荷馬車の護衛なんかするみた

れだよ。

若者小屋で話を盗み聞きした時から、自分が魔法使いなら格好良いなと思ったのかも。単純な憧

「冒険者の中には魔法が使える奴《やつ》もいる。そいつらと組むと、仕事が楽だと聞いたぞ」

狩人の村の若者の多くは、人間の町に出ていく。変わり映えのしない生活に飽きるんだと思う。

いだぞ」

洗礼式で、私は風の魔法のスキルをもらえた。

前からミクとは仲が良かったけど、洗礼でミクも狩人スキルをもらえなかったので余計に結びついた感じ。

「風の魔法のスキル！」

両親は人間の町で修業するのを心配しているけど、私は楽しみなんだ。

「サリーは何歳から人間の町に行くの？」

ミクは、アルカディアで薬師の修業をするみたい。下働きさせられるのに大丈夫なのかな？

「私は弟も生まれたし、二歳になったら人間の町に行くつもりよ」

ただ、修業先の魔法使いが上手《うま》く見つかるかどうかが心配なんだよね。

ミクは薬師のスキルだけじゃなく、植物育成スキルと料理スキルももらった。それって役に立つの？　って大人達は初めは思ったみたい。

ワンナ婆《ばあ》さんは、一番に目をつけてたけどね。預かり賃を半額にして、自分の菜園をミクに作らせた。本当に抜け目ないね。

うちの親もなかなか抜け目ないから、ミクに頼んだよ。芋があっという間に収穫できて、他の村の大人達も気づいた。村長さんが、順番にミクに管理させることにしたけど、それって便利に使われてない？　良いのかな？　まぁ、ミクが良いなら、良いんだけどね。

この年、突然、人間の国で戦争が起こった！　人間って本当に馬鹿なんじゃないかな！　人と人が争うだなんて、信じられない。

「サリー、やっぱり人間の町で修業するのは止《や》めておこうよ」

ママは私の顔を見るたびに、そればっかり言っている。

「若者小屋のお兄さん達やお姉さん達も人間の町で暮らしていたわ」

何人かの若者は帰ってきていないけど、春に出て行ったほとんどは帰って来たので、この時はまだ私は戦争の悲惨さを知らなかった。

それに帰って来たお兄ちゃんやお姉ちゃん達の服、滑らかな生地だし素敵だった。やはり、人間の町に行きたいと思ったんだよね。戦争はすぐに終わるんじゃないかな？

いつもなら神父さんは秋には来ないのに、大勢の犠牲者の名簿と遺髪を持って来た。

「こんなに多くの森の人《エルフ》が亡くなったの？」

不安になってきたよ。戦争って何故《なぜ》するんだろう！

親の心配も分かる気がするけど、それでもやっぱりアルカディアに行く気になれない。ミクは、人間の薬師よりマシな師匠について修業したいと言う。

それは、魔法使いでも一緒なのかもしれない。でも、アルカディアでは皆が魔法を使うから、私は……。

そう、下働きが嫌なのもあるけど、馬鹿にされるのに耐えられないから、アルカディアには行きたくないんだ。ミクは、強いな！


春になると戦争は終わった。でも、春の洗礼式の後、神父さんに言われちゃった。

「実は、修業先にと考えていた魔法使いが戦争で全員亡くなってしまったのだ。この戦争の犠牲者は数多く、魔法使いと弓使いは真っ先に攻撃対象になったからな。残った魔法使いは、まだ若くて修業先とするには不安だ」

えっ、魔法使いが攻撃対象！　全員亡くなった！　それって……！

両親も顔が真っ青だけど、私もビビった。仮に師匠が徴兵されたら、弟子の私も戦争に行かせられるの？

ママが「駄目よ！」と私を抱きしめて泣き出した。

「でも、アルカディアでは下っ端なのよ！　それに下働きをしながら修業なんて嫌よ」

馬鹿なことを言っている自分。でも、ずっと人間の町で修業すると思っていたんだもん。戦争なんて大嫌い！

あれこれ文句を言おうが、人間の魔法使いの師匠がいないのだから、アルカディアに行くしかないのは分かっている。駄々《だだ》を捏《こ》ねているだけだ。

「アルカディアの風の魔法使いの第一人者アリエルと、薬師トップのオリヴィエは姉妹で、同じ屋敷に住んでいるのだ。二人とも、今回の戦争で森の人《エルフ》からも多くの犠牲が出たことに胸を痛めているから、弟子を取ることを了承してくれた」

神父さんが探してきたアルカディアの師匠達。ミクと一緒の家で修業できるとしたら、嬉《うれ》しいけど、何か裏があるんじゃないかな？

「少し変人だと噂《うわさ》されているだけだ。長老会に属しているから、魔法使いと薬師としての腕は立派だぞ」

変人？　私とミクは顔を見合わせる。

親は、同族だし長老会メンバーだからきっと立派な師匠だと言う。

そりゃ、理屈は分かるけど、変人の師匠の下で修業するのは私達なんだよ。でも、人間の魔法使いが亡くなったのなら、私にはそれしかないのかも？

「ミク、どうする？」

「私は元々アルカディアに行くつもりだったから、それでも良いけど……」

そうだよね！　それにミクと一緒なら、下働きも苦にならないかも！

あの子は生まれて三日目からの友達だ。植物育成スキルや料理スキル、凄《すご》く便利なスキル持ちだから、きっとアルカディアでも上手くやっていけるだろう。

「ミク、来年の春までに文字と計算を教えてね！」

修業に行くなら、そのくらい準備しておかないとね。

「その代わり、森歩きは私がミクに付き合うよ」

村の菜園を管理したりするから、森歩きの時間が足りないミクは、防衛訓練とかもチビちゃん達には敵《かな》わない。私にも勝てたことがないから、もっと鍛えなきゃね。

「サリー、一緒に頑張ろうね！」

そうだよね！　何と言ってもアルカディアの近くには竜が出るって噂だもん。もっと私も素早く逃げなきゃ、修業の前に食べられちゃいそう。

第六章　アルカディアへ！

春になり、私は二歳と四ヶ月になった。

巡回神父さんが来たら、アルカディアに行く。サリーも一緒に行くから、少しだけ心強い。

「いつ神父さんが来られても良いように、やることだけはしておこう！」

ヨハン爺《じい》さんは森歩きを辞めたので、他の爺さんが引き継いだ。でも、本当は爺さんと呼ぶほどの年寄りではない。狩りで右腕を負傷してから、前ほど弓の命中率が保てなくなったため、引退したそうだ。

とはいえ、森の人《エルフ》の弓使いスキルは、村の近くの小物の魔物ぐらいは簡単に狩れるから、子どもも守れる。それで、村長さんがこの爺さんを指名したのだ。


ミラとバリーは、もう少しこの新しい爺さんと森歩きをするけど、今日は休ませて、畑仕事のノウハウを教えるよ。

「芋が一番簡単だけど、それでも、同じ物ばかり植えていると出来が悪くなるわ。時々、他の物も植えてね」

ミラとバリーに、芋を植えさせながら教える。

「お姉ちゃんは、アルカディアに行くの？」

一つ年下のミラは、私と双子に見えるほど、背が伸びている。

「ええ、薬師になりたいから」

バリーは、私とミラの兄に見えるほど背が高くなった。

「薬師になったら、村に帰ってくる？」

見かけは十二歳ぐらいなのに、まだ〇歳だから、甘えん坊だ。ヨシヨシしておこう。背が高いから、やりにくいな！

「それは分からないわ。この村で薬師として生活できるかどうか、知らないから」

村には薬師はいない。狩りで怪我《けが》をすることも多いから、いると良いのだろうけど、普段の生活はどうするのか？　養ってもらうの？

「ママが、お姉ちゃんはニューエバー村に住むと良いと言っていたわ」

ミラは、冬に私がママとニューエバー村に行くと知った時、一緒に行きたいと駄々《だだ》を捏《こ》ねたから、よく覚えているね。

「それも分からないわ。薬師がどんな仕事なのかも、よく分からないのよ」

前世で薬剤師さんにはお世話になったけど、この世界の薬師が何をしているのかは、会ったこともないから知らないのだ。

「ふうん？　変なの！」

ミラはもう森歩きしながら弓の稽古をしている。

「そうね！　でも、知らないことを学ぶのは楽しみだわ」

ミラとバリーは肩をすくめた。私から、文字や計算を学ぶのは、嫌だったのだろう。

芋を植えて、少し成長させて、畑仕事はお終《しま》いだ。

「私がいなくなったら、芋は夏まで採れないわ。少しずつ食べるのよ」

注意しておく。

「早く狩りに行きたいわ！」

食べ盛りの双子を養うのは、ママとパパも大変だろう。

「木苺《きいちご》を植えておくから、それを採って食べても良いけど、半分は干して冬に食べるのよ」

この二人なら、屋根の上の木苺も簡単に採れるだろう。

「神父さんは、いつ来られるのかしら？」

サリーもすぐに村から出たいわけではない。ただ、中途半端な立場が嫌なのだ。

「春になったら来られる筈《はず》なのだけど……」

カレンダーがないから、明確には分からない。

「ミクは、薬師になったら村に帰るつもりなの？」

ああ、それは分からない。

「ママはニューエバー村に住めば良いと言っていたけど、分からないわ」

サリーもため息をつく。

「うちのママもニューエバー村なら魔法使いでも暮らせるって言うけど、無理だと思うわ」

だよね！　基本的に狩人《かりゅうど》の村なのだ。まぁ、うちの村よりは、家畜がいたり小麦があったりする分、過ごしやすいかも？

「確かに、魔法使いって何をするのか分からないわね」

サリーは、大きく頷《うなず》く。

「そうなのよ！　魔法使いがニューエバー村で、洗濯物を乾かすだけで生きていけるの？　まだ、ミクの方が役に立ちそうだわ」

まぁね！　でも、小麦畑の番人もあまり気をそそられないんだよね。

「ねぇ、サリーは人間の町に行きたくない？」

せっかく、転生したんだもん！　あちこち見て歩きたい。旅行もしたことなかったんだ。都会の大病院に行くのは、旅行とは違うからね！

「ミクもそう思っていたのね！　私は、初めから人間の魔法使いの所で修業したいと考えたのは、森ではない所を見て歩きたかったの」

二人で手を取り合って喜んでいたけど、ママ達に現実に戻された。

「その前に薬師にならなくてはね！」

「立派な魔法使いになってからだよ！」

はぁ、そのための修業だけど、神父さん待ちに飽きていた。だって、冬からずっと待っているんだもん。

なんて話し合っていた翌日、神父さんがやって来た。今年も、子どもの洗礼がある。

「ミク、忘れ物はない？」

「ママ、神父さんが出発するのは明日だよ！」とは言ったけど、私も背負い籠の中を出して、もう一度チェックする。

着替えの服、下着、種、それとガラス瓶、ナイフ、まな板と水筒！　忘れ物なんてできないほど、シンプル！

「明日の朝から隣のラング村に行くなら、お昼が必要ね！」

アルカディアは森の奥深くにある。狩人の村よりも、ずっと深い場所だ。

明日は、アルカディアに行く途中にあるラング村に泊まって、神父さんはその村でも洗礼を施す。

つまり、アルカディアに着くのは、明後日だね！　なんて考えていたけど、これは森の人《エルフ》の移動速度の場合だった。


翌日。お風呂に入って、もう洗礼は終わっただろうとサリーと村長さんの家に行ったら、神父さんがのんびりとお茶を飲んでいる。

「おや、サリーとミク。出発は明日だよ」

荷物を背負っている私達に微笑《ほほえ》んでいる神父さん！　それなら、そうと言ってほしかった。

昨夜は、ママとパパとミラとバリーと抱き合って別れの言葉を交わし、泣いたんだよ！

何となく格好悪いけど、出発は次の日になった。

「明日こそラング村に着けたら良いな」

神父さんはロバ移動だからね。ラング村で二泊して、アルカディアに向かうそうだ。それ、早く教えてほしかったな！


翌日。もう一度お別れを告げて、本当に出発だ！

ワンナ婆《ばあ》さん、ヨハン爺さんも見送ってくれた。なんと、ジミーがラング村まで送ってくれることになった。

ママとパパは、育ち盛りのミラとバリーの為《ため》に狩りに行かなきゃいけないからね。村の門でお別れだ。

「ミク、元気でね！」

ママは二回目の出発なのにギュッと抱きしめてくれた。

「修業が辛《つら》かったら、帰って来て良いんだぞ」

パパ、それは問題だよ。

「ミラ、バリー、元気でね！」

よし、出発だ！


ロバって遅いんだね。神父さんはのんびりとロバの上で寛《くつろ》いでいる。

ジミーは木の上を先に行ったり、戻って来たりしながら警戒してくれているけど、私とサリーはゆっくりと移動だ。

「あっ、ハーブがあるわ！」

ついつい食べられる植物やハーブに目が行くけど、ジミーが側《そば》にいる時以外は、木から降りては駄目だと言われている。

「こんな調子でラング村に着けるのかしら？」

サリーは心配そうだったけど、夕方には着いたよ。

「じゃあな！」

相変わらずジミーは言葉数が少ない。ラング村の前まで送ったら、帰ってしまった。

「ジミー！　ありがとう！」

背中に向かって、お礼を言う羽目になったよ。

ずんずん小さくなるジミーを見ていると、これで村から出たんだと実感した。


「さぁ、行こう！」

立ち止まっている私を神父さんが促して、ラング村に入った。

ラング村も私の村とほぼ一緒だ。小さな小屋と集会場と若者小屋と村長さんの家。今夜と明日は、村長さんの家に泊まる。

「他所《よそ》の村に泊まるのは初めてだわ！」

前世でも病院以外のお泊まりはなかったからね！　初お泊まりだ！

「前に私の家に泊まったじゃない」

「それは勘定に入れないの！」

サリーは、ゆっくりの移動でいつもより倍疲れたと愚痴る。

「おや、小さい子を連れて来たんだな」

ラング村の村長さんに、二人でペコリと頭を下げる。

「ああ、この子達は、アルカディアで修業するのだ。三日間、お世話になるよ」

村長さんの家には、神父さんや行商人を泊める部屋がある。私とサリーは一緒の部屋だ。

「何かお手伝いします！」

神父さんは、夕食まで村長さんと話しているけど、私とサリーは手持ち無沙汰だ。

「まぁ、じゃあ夕食の準備を手伝ってもらおうかしら？」

それはお手のものだよ！

「芋があるなら、肉とシチューにしますね」

ラング村も狩人の村だから、芋ぐらいしか作っていない。サリーにも手伝ってもらって、さっさとシチューを作る。

「まぁ、まだ小さいのに料理が上手《うま》いのね」

村長さんの奥さんに褒められたよ。

狩人の村では、働かない人はいない。たった二泊でも、泊めてもらうだけの働きはするよ。

次の日は、子ども達の洗礼だったみたい。私とサリーはラング村の周りで食べられる植物を採取した。

「ミク、そろそろ帰ろう！　ここら辺は、森の奥だから魔物も大きいよ」

さっきも大きな魔物がいたから、木の上に逃げたのだ。ラング村の狩人が仕留めたけどね。

「うん、そうだね」

アルカディアはもっと森の奥だから、外には出ない方が良いのかな？

私的にはもっと植物採取をしたいけど、ヨハン爺さんみたいな子どもの森歩きを指導してくれる人がいなきゃ無理かも？


ラング村での滞在も終えて、やっとアルカディアへ出発！

ラング村からも神父さんの護衛が付いた。若くて、狩人としては一人前ではない子みたい。

ジミーと同じぐらいだけど、もう少し年上かな？　ここからアルカディアは、もっと森の奥になるんだけど、大丈夫なの？　なんて失礼だから聞かないけどさ！

「ミク、アルカディアってどんな感じなんだろうね」

私とサリーは、神父さんの少し前の枝に座って話しては、また追い越した先で休んで、話していた。

「今知っていることは、高い塔があること、それと、アルカディアの中に大きな木が生えているってことだけ」

サリーは他のことを気にしていたのだ。

「そうじゃなくて、アルカディアに住んでいる森の人《エルフ》は全員が魔法を使えるそうよ！　狩人もね！」

えっ、それは知らなかったよ！

「ふうん、じゃあサリーが風の魔法スキルに加えて、弓スキルも持っている感じなのかな？　それって、弓スキルだけで良いんじゃない？」

サリーは、ちょっと考えて口を開いた。

「弓スキルで火の魔法を使う感じなのかも？」

「それは、火矢で良いんじゃないの？」

どうも私達は狩人の村の生活しか知らないから、狩りに魔法を加えるのを想像できない。

「それはアルカディアに行かないと分からないね。魔法と他のスキルを持っているのって、どんな感じなのかな？」

「でも、ミクって三個もスキルを持っているんだよね！」

そういえばそうだけど、薬師以外は補助というか、役には立つけど、それで生活する感じじゃないよね？

「じゃあ、アルカディアの森の人達《エルフ》が何個も持っていても、役に立つのは一個なのかな？」

下で聞いていた神父さんがプッと噴き出した。

「これこれ、そんな失礼なことを言ったら叱られるぞ」

サリーと地面に飛び降りて、神父さんのロバの横を歩きながら話を聞く。

「ミクは三個もスキルをもらったのをエスティーリョの神に感謝しなくてはいけないよ」

それはそうかもしれないけど、できれば狩人のスキルが欲しかったな。それだったら、ずっと村に居られたし、十歳になってから、どうするか選べたのだ。

村で暮らすか、人間の町に行くかとかさ。二歳で修業に出るのって、やはり厳しいと思うもん！

私の不満そうな顔を見て、神父さんが説教する。

「森の人《エルフ》は何かのスキルをもらうのが普通だと思っているが、人間のほとんどはスキルはもらえないのだよ。百人に一人ぐらいしかスキル持ちはいない。努力して身につけるのだ」

サリーも私も初耳で驚いた！

「ええ！　じゃあ、どうやって暮らしているの？」

そこから、神父さんに普通の人々の暮らしを聞いた。

「ほとんどの人は農民として生まれ、農民として死ぬ。この前の戦争では、農地から引き離されて、兵士として亡くなった者もいたが……」

一瞬驚いたけど、前世の昔の人の生活もそんな感じだったのかも？

「でも、行商人もいるわ！」

サリーの反論に、神父さんは笑う。私達が知っている人間は、エバー村の住民と行商人だけだからね。

「勿論《もちろん》、商人や職人もいる。その中にはスキルを持っている人もいれば、持っていない人もいる。だが、人口のほぼ四分の三は農民だよ」

ふうん、そうなんだね！　歴史の本で読んだ気がする。

「でも神父さん、人間の町には大勢の人が住んでいると聞いたわ」

バンズ村に帰ってきた若者から、サリーのお兄ちゃんのサムが聞いたみたい。

「町には多くの人が住んでいるが、ほとんどは農村に住んでいるんだよ。森の人《エルフ》の何万倍も人間はいるのだからね」

バンズ村の人口は、百人に満たない。狩人の村が何個あるのかは知らないけど、この前、集まった村長さん達は八人だった。

エバー村やニューエバー村は、バンズ村よりは大きいとしても、森に住んでいるのは千人程度なの？

私が考えているうちに、サリーが別の質問をする。

「人間の町で、森の人《エルフ》は何をして暮らしているの？」

あっ、それは知りたい！　修業を終えたら、いつかは人間の町にも行ってみたいからね。

「狩人のスキルを持つ森の人《エルフ》は、兵士か冒険者が多いな」

冒険者！　ファンタジーな世界だね。

「でも、人間が住む町には魔物は出ないのでしょう？」

神父さんは笑った。

「この森ほど大きな魔物は滅多《めった》に出ないが、小物はちょくちょく出る。それに、他にも森はあるから、そこの魔物が作物や家畜を襲ったら、大損害だからな」

確かにね！　前世でも猪《いのしし》や鹿が農作物を荒らすとかニュースでやっていたよ。

「それに護衛も必要だから……」

行商人さん達も、残党兵が盗賊になって困ると言っていた。治安は悪そう！

「神父さんは、人間の村も回るのでしょう？　護衛はいらないの？」

クスクスと神父さんは笑う。

「神父を襲っても、お金は持っていないからね。まぁ、それでも村人が次の村までついて来てくれたりもするけど、襲われたことはないよ。森の魔物はそれを知らないから、ああやって護《まも》ってもらっているが……ああ、アルカディアの狩人が迎えに来てくれたようだ」

話に夢中になっていたけど、森の奥から狩人が木から木へと移動して、こちらにやって来る。

ラング村の若者は「では、ここで！」と村に帰っていく。

「ありがとう！」と叫ぶと、ヒラヒラと手を振って消えた。


「神父さん！」

スッと音も立てないで地面に降りたアルカディアの狩人は、神父さんと知り合いみたい。

「リュミエール、迎えに来てくれたのかい？」

緑色の髪の毛と濃い緑の目、ってことは、子どもなんだね。着ている服はチュニックとズボンだけど、生地は上等そう！

「ええ、そろそろ来られる時期だから。この子達は？」

神父さんが紹介してくれる。

「この子達は、アルカディアで修業するサリーとミクだよ。アリエルとオリヴィエに弟子入りするのだ」

えっ、リュミエールの顔が歪《ゆが》んだ？　何？

「プッ、本当に弟子を取ったのですね！　神父さんは、あの二人に何か魔法でも掛けたのですか？」

笑いを堪《こら》えようとしたみたいだけど、我慢できずに噴き出した。嫌な予感しかしないよ。

「これ、リュミエール、幼い子が不安になるだろう」

神父さんは叱るけど、リュミエールは肩をすくめている。

「おチビちゃん達、師匠に我慢できなかったら、私の所に来るんだよ。村まで送ってあげるからね」

リュミエールが親切なのか、意地悪なのか、今は判断できない。保留にしておく。サリーも不安そうな顔をしている。

「とにかく、アルカディアまで案内しますよ。二人は木を使った移動はできるのかな？」

神父さんと話す為に、ロバの横を歩いていたからね。

「ええ」と答えると、にっこりと笑う。

「なら、ついておいで！　神父さんには守護魔法を掛けておきます」

えっ、神父さんを放って行くの？

守護魔法って、何？　薄《うっす》らと神父さんの周りが光っているけど、それかな？

「サリー、ミク。リュミエールと行きなさい」

私とサリーが戸惑っていると、神父さんが許可を出す。

「じゃあ、お先に！」

二人でリュミエールのあとを追う。

「うん、ちゃんと移動できるね！　何歳なの？」

それは、こちらも聞きたいよ！

「二歳です」

サリーが答えると、リュミエールは驚いたみたい。

「修業に出るには早すぎない？　村まで送ってあげようか？」

いや、まだアルカディアに着いてもいないから！

「リュミエールは幾つなの？」

見た目より幼い気がする。守護魔法とかは使えるようだけど！

「私は五歳だから、おチビちゃん達よりお兄さんだよ」

やはり子どもだ！　サムより幼い気がしたんだ。

「おチビちゃんじゃないわ。サリーとミクよ」

「分かっているよ！　でも、私より小さい子は初めてだから、少しはお兄ちゃんの気分にさせてくれても良いだろう？」

初めて会ったアルカディアの狩人は、お兄ちゃん振りたいリュミエールだった。この出会いが良かったのか？　悪かったのか？　サリーと私は、後々までも悩むことになる。

リュミエールは、本当はもっと速く移動できるんじゃないかな？　私とサリーに合わせてくれている気がする。だから、親切なのかな？　とも思うけど、ちょっと違う気もする。

「ほら、ここからだとアルカディアがよく見えるんだ！　凄いだろう！」

木の上から、リュミエールが言う方向を見る。

「わぁ、塔がはっきりと見えるわ！　それに大きな木がいっぱい！」

リュミエールは、くすくす笑う。

「君達の村には木は生えていないのかい？　なら、村の中は地面の上を歩いて移動しているんだね」

えっ、アルカディアの中は跳んで移動するの？

「よく見てごらん！　木と木の間には橋がかかっている。家も木の上に立っているのも多いから、それで移動するのさ」

ツリーハウス！　そこに住むの？　森の人《エルフ》の特徴なのか、視力が良い。きっと二・〇くらいあるんじゃないかな？　真剣に見る。

「よく分からないわ！」

良い視力で見ても、まだ遠い。

「そうかな？　でも、すぐに着くから分かるさ」

とはいえ、まだまだ遠そう。

「神父さんは、あのままで良いの？」

初めてアルカディアに行くなら、子どものリュミエールより神父さんと一緒の方が安心だ。

「そうだなぁ！　サリーとミクが一緒の方が良いと思うなら、帰ろう」

えっ、それなら初めから一緒に来たら良かったじゃん！　やはり、リュミエールは子どもだね。

少し戻って、木の枝の上に座って待つことにした。

「あそこからなら、アルカディアがよく見えるから、連れて行ったんだけど……魔力を使って遠くは見ないいんだね」

それって遠見？　千里眼？　アルカディアの森の人《エルフ》って、やはり魔法が使えるのが普通なのかな？

「リュミエールって、何のスキルなの？」

少し得意そうな顔をして教えてくれた。

「弓と光の魔法だよ！　だから、名前もリュミエールなのさ」

「えっ、もらったスキルで名前が決まるの？」

アルカディアでは、そうやって名前を決めるのかと驚いた。

「いや、そんなわけないさ！　でも、私の場合は、とても相応《ふさわ》しい名前だろう？　そういえばアリエル様も風の魔法使いに相応しい名前だよね！　オリヴィエ様も花の名前だから、薬師っぽいかな？」

サリーと顔を見合わせる。聞いてみよう！

「ねぇ、何故《なぜ》、さっき笑ったの？　その二人はそんなに変わっているの？」

リュミエールは、少し考えてから口を開いた。

「変わっているのは、悪い事じゃないよ。でも、これまで弟子を取らなかったのは、やはり変人と言われても仕方ないかな？　アルカディアに住んでいる大人は、弟子を取るからね」

へぇ、そうなんだ！

「それと、二人とも結婚していないから、やはり変わっているのかも？」

えっ、長老会に属していると聞いたけど？　狩人の村の大人は全員結婚していた。

「あのう、二人は長老会に属していると聞きましたが、それは高齢ってことですか？」

リュミエールは肩をすくめる。

「年を取ったから長老会に入るってものでもないけど、まぁ、若者は入れないよね。ある程度の実力がないと入れないし、一定の年齢以上じゃないと駄目だと思う」

ふうん、ワンナ婆さんとセナ婆さんを思い浮かべちゃった。年寄りの師匠のお世話をしながら、修業をするイメージをサリーと想像しちゃったよ。

「リュミエールは誰かの弟子なの？」

ちょっと唇を突き出して、不満そうな顔をする。

「ああ、私の師匠は厳しいリグワード様なんだ。やはり神父さんと一緒にアルカディアに行こう！」

それって、師匠に出迎えに行けと言われていたんじゃないの？　サリーと肩をすくめる。

リュミエールは年齢より少し幼いよ。まぁ、年齢も五歳だから、幼いんだけど。狩人の村の五歳は若者小屋に住んで、もう親から半分自立しているからね。

「ねぇ、リュミエールが一番若いの？」

サリーが不思議そうに訊《き》く。

「ああ、だからいつまでも赤ちゃん扱いされて困っているんだ。でも、サリーとミクが来たら、お兄ちゃんになるね」

何だか頼りないお兄ちゃんだよ。

「他には子どもはいないの？」

リュミエールは、張り切って教えてくれる。

「いるさ！　十歳のガリウスが子ども達のリーダーだよ。少し威張っているけど、困ったことがあったら、ガリウスに言えば何とかしてくれる」

了解！　リュミエールに相談するよりガリウスにした方が良いんだね。

「それと女の子のリーダーは、エレグレースなんだ。風の魔法使いだよ！　カイキアス師匠についている……アリエル様より教えるのが上手《うま》いんじゃないかな？」

それを聞いても、サリーに師匠を替える自由があるのか分からないから、やはり親切なのか意地悪なのか判断に苦しむ。

「えっ、他にも風の魔法使いの師匠がいるの？　なら、何故？」

ほら、サリーが不安そうになったじゃん！

「アルカディアでは親と一緒に住んで、昼から師匠の家に行くんだ。あの二人は大きな家に姉妹だけで住んでいるから、住み込みには良いかもね？　朝は学舎《まなびや》に行くから、一緒に勉強できるよ」

学舎？　そんなのがあるんだね！

「学舎には、何人ぐらいが通っているの？」

リュミエールは指を折りながら、教えてくれる。

「五人だよ」

子どもの人数が少ない気がする。狩人の村は、もっと子どもがいるよ。

「アルカディアには何人が住んでいるの？」

リュミエールはそろそろ答えるのに飽きてきたようだ。

「そんなの知らないよ。あちこちに出かけている人も含めるの？　いつもいるのは多くないんだ」

自分が喋《しゃべ》るのは良いけど、質問に答えるのは面倒くさいと、神父さんを迎えに行った。やはり精神的に幼い気がする。

サリーと聞いたことについて話し合う。

「住み込みで弟子を取ってくれる師匠がアリエルとオリヴィエだったから、変人でも仕方ないのかな？」

そりゃ、あんな風に言われたら考えちゃうよね。特に、他にも風の魔法使いの師匠がいると知ったらさぁ。

「二人一緒の所の方が、私は心強いよ！」

サリーも気を取り直して、頷く。

「リュミエールの言うことだから、いい加減かもしれない」

そうだね！　それに、もうすぐアルカディアに着くから、実際に師匠にも会える。

「楽しみだね！」

だって、ずっと待っていたんだもん！

「うん！」

神父さんとリュミエールがやって来たので出発だ。リュミエールは、木の上で警戒しているから、私とサリーはロバの横を歩く。

「神父さん、アルカディアには学舎があるとリュミエールが言ったけど、私達もそこに行くの？

「それとも下働きをするの？」

神父さんは、少し考える。

「それは、アリエルとオリヴィエの考え方次第だな。下働きを優先するかもしれないし、先《ま》ずは基礎知識を得た方が良いと思うかもしれない」

やはり、アルカディアの子じゃないからね。学舎には少し興味があったけど、タダで弟子にしてくれるし、住まわせてくれて食べさせてもらえるのだから、無理かもね？


ロバはゆっくり歩くから、アルカディアに着いたのは、夕方だった。

途中で、ラング村でもらった干し肉をリュミエールにも分けて食べたよ。

「ほら、アルカディアだよ！」

森の木立を抜けたら、アルカディアだった。

狩人の村みたいに石の壁はない。木の柵が立っているだけだ。魔物は入ってこないのかな？　周りには小麦畑や菜園らしきものもある。

でも、それよりやはり、聳《そび》え立《た》つ塔や大きな木に驚いちゃう。

「わぁ！　本当に大きな木がいっぱいなのね！」

「綺麗《きれい》！　空中都市みたいだわ！」

リュミエールは私とサリーが驚いているので、機嫌が良い。

「ほら、木の上に家があるだろう！　あそこが私の家なんだ」

私が思っていたツリーハウスは、子どもが秘密基地にする感じの大きさだった。全然違ったよ。

木と木の間には、本当に橋がかかっているし、家もすごく大きい。

特に、リュミエールが教えてくれた自宅は、大きな木と木の間に床を渡して作ってある。

「リュミエールの家、凄《すご》く大きいのね！」

リュミエールが嬉《うれ》しそうに笑う。

「当たり前だよ！　うちの両親は、凄腕《すごうで》の狩人なんだからね」

ふうん、狩人なの？　魔法使いじゃなくて？

「サリー、ミク、あそこが師匠の家だよ」

神父さんが教えてくれる。

「あれって、木じゃないの？」

アルカディアの奥まった所に、大きな大きな木が見えるけど、よく見たら、ドアがついている。

それに、窓も？　ガラスがはまっているの？

「木を利用して家にしているのさ！　だから、少し変わっていると皆が言うけど……師匠、痛いよ！」

リグワード師匠らしき背の高い森の人《エルフ》が、リュミエールの耳を引っ張る。

「目上の人への尊敬を忘れてはいけない！　何度、注意していることか！」

リュミエールの耳、バンズ村の皆よりも尖《とが》っている。私が思っていたエルフみたい。

「リグワード、お久しぶり」

神父さんが声を掛けると、リュミエールの耳を離して、挨拶する。

「神父さん、ようこそ！　お疲れでしょう」

どうやら、リグワードも長老会メンバーらしい。白髪が混じった青い髪だし、目が黄色っぽいから。

「この子達を紹介しよう。バンズ村のサリーとミクだ。アリエルとオリヴィエの弟子になるのだ」

リグワードはすでに知っていたみたい。

「なら、先にこの子達を師匠の木の家《アビエスビラ》に連れて行こう。リュミエールは、もう家に帰って良いぞ」

リュミエールは、ついて来ようとしたが、追い返された。

「じゃあ、またね！」

ちょっといい加減なところもあるけど、リュミエールは意地悪じゃないと思う。

「うん、ありがとう！」

お礼を言ったら、嬉しそうに笑う。なかなかハンサムかもね！

神父さんのロバは、通りかかった他の森の人《エルフ》が「世話をしておくよ」と連れて行った。

考えていたより、アルカディアの森の人《エルフ》って意地悪じゃなさそうだけど、それは神父さんが一緒だからかも？

「アリエル、オリヴィエ、神父さんだよ」

ドアが開いて、出てきたのは、とても美しい森の人《エルフ》達だった。ワンナ婆さんを想像していた私とサリーは驚いたよ。

「まぁ、こんなに小さな子なのね！」

「どちらが私の弟子になるんだい？」

長老会に入っているって、本当なの？　私とサリーは顔を見合わせた。だって、目も綺麗な緑色なんだもん。年寄りとは思えない！　リグワード様も長老会メンバーみたいだから、百歳超えには見えないけど、師匠達は老化を感じさせない。三十歳以下に見える。

初めて師匠に会った時、あまりの綺麗さに驚いたが、あの感動はすぐに崩れた。二人が変人と呼
ばれるのには、理由があったのだ。


木の家の中はとても広かった。凄い大木だったけど、こんなに広くない筈だよね？

「ふふふ、この子は賢いね。そう、この家は空間魔法で作られているのさ」

緑色の髪の森の人《エルフ》が笑う。あれっ、リュミエールみたいに耳が尖っている。

「オリヴィエ、そんなことより、神父さんと子ども達を中に入れなさいよ」

ということは、青い髪をした森の人《エルフ》がアリエル師匠なんだね。この人の耳も尖っていけるけど、
リグワードさんのは尖っていない。

「じゃあ、少し入らせてもらうよ」

神父さんとリグワードさんの後から部屋に入る時、ちょっとだけ薄い幕を通り抜ける感触がした。

「ふふふ……、どうやらおチビさんは、空間魔法のセンスがあるみたいだね」

緑の髪のオリヴィエ師匠が、私の頭をぽふぽふと撫《な》でた。

部屋の中には暖炉とテーブルと椅子があった。そして、隅にはソファーと本棚がある。

勧められるまま私とサリーは長椅子に座る。神父さんとリグワードさんは、向かい合わせの長椅子に座り、オリヴィエ師匠は、一人掛けの椅子に座った。もう一つの一人がけの椅子にトレイに茶器を載せたアリエル師匠が座る。

「リグワード、神父さん、お茶でもどうぞ」

青い髪のアリエル師匠がお茶を勧める。

「いや、私は遠慮しておくよ」

リグワードさんは、喉が渇いていないのかな？

「私も、先に話をしよう」

神父さんも喉が渇いていないの？　私は一日歩いたから、とても渇いているよ。

「さぁ、おチビちゃん達もどうぞ」

サリーと私は、出された茶器を手に取る。

木の器ではなくて、白い陶器だ。転生してから初めて見るよ。

「いただきます」

神父さんが心配そうにこちらを見ているのは、茶器を壊さないか不安だからかな？　飲んだ瞬間、吐き出しそうになった。

初めて来た師匠の家なので、格好つけて少ししか飲まなくて良かったよ。サリーも吐き出しそうな顔をしていたけど、なんとか飲み込んだみたい。

「アリエル、また変なブレンドにしたんじゃないかい？　うむ、ドクダミとヨモギと蕗《ふき》のとうが、なんとも言えない不味《まず》さだよ」

「春のブレンドティーにしてみたの。土臭さが春らしいでしょう？」

アリエル師匠は素知らぬ顔で飲んでいるが、オリヴィエ師匠は顔を歪めている。

「ちょいと、これは飲まない方が良さそうだから、私が淹《い》れなおしてあげるよ」

席を立ち掛けたオリヴィエ師匠を、神父さんが慌てて「話を先にしましょう」と止める。

オリヴィエ師匠は薬師なんだから、これよりはマシじゃないの？

「そうか？　長旅でお疲れの神父さんに、特別な回復茶を淹れてあげようと思ったのだが」

リグワードさんと神父さんの顔色が心なしか青い。

「いや、弟子になるサリーとミクを紹介しよう」

「こちらがバンズ村のサリーだ。風の魔法使いのスキルを賜っている。そして、この子もバンズ村のミクだ。薬師と植物育成と料理のスキルを賜っている」

紹介されたので、ペコリと頭を下げる。

「神父さん、かなり小さい気がするのですけど？」

アリエル師匠の方が、少しだけ言葉が丁寧だ。

「まだ、親のもとにいた方が良いんじゃないかい？」

オリヴィエ師匠は、ずけずけと物を言う。

えっ、年齢を伝えてなかったの？

「狩人の村では三歳になったら、親の家を出て若者小屋に行く。この子達は狩人スキルではないから、そこでは暮らしていけない」

二人は少し考えていたけど、来てしまったなら、仕方ないと思ったみたい。

「では、サリーが私の弟子になるのね」

アリエル師匠はにっこりと笑う。わぁ、美人だぁ！

「ミクは薬師になりたいのかい？　植物育成スキルを伸ばせば、戦いもできるようになるよ。まぁ、小さいから、これから考えたら良いさ」

薬師に戦闘能力は必要なのだろうか？　見た目は、アリエル師匠と同じぐらい美人なオリヴィエ師匠だけど、少しだけ荒っぽい口調だ。

神父さんとリグワードさんは、二人が私達を弟子として引き受けたので、そそくさと家から出て行った。

「晩ごはんでもどうぞ」とアリエル師匠が言ったからかも？　飯マズ疑惑！

「チッ、あんたの作ったスープを消費するチャンスだったのに！　どうやったら、あんな不味いスープができるのか聞いてみたいね」

「あら、普通に作っただけよ。オリヴィエのスープのように、変な健康食品は入れていないわ」

サリーと二人で家に帰りたくなった。

「あのう、下働きをしなくてはいけないなら、料理は私がします。料理スキルがあるから」

「私は、掃除をします」

サリーも掃除をすると言い切った。木の家の中は広かったけど、何だか物が多くて、ごちゃごちゃしていたからだ。それに埃《ほこり》っぽい！

「こんな小さな子達に、そんなことはさせられないわ」

そう言うアリエル師匠が台所から持って来たスープは、何とも言えない臭さだった。

「アリエル！　このスープを小さな子に飲ます方が可哀想《かわいそう》だ。ミクに料理スキルがあるなら、任せた方が良い」

どうやら、交代で料理当番をしているみたい。

「第一、不味いスープを多く作りすぎなんだ！　これで三日目だぞ」

見た目もどろどろで、何が入っているのか分からない。

「もうこれは駄目だ！　ミク、作ってくれ！」

拗《す》ねているアリエル師匠をその場に残して、オリヴィエ師匠に台所に案内してもらう。

「ミク、先ずは掃除ね！」

サリーと汚れた食器や鍋を洗う。床も汚いけど、それは明日にしよう！

「このスープはどうしたら良いのかしら？」

鍋にいっぱいある不気味な臭いのするスープをどうしたら良いものか、二人で悩んでいたら、オリヴィエ師匠が豪快に流しに捨てた。

「良いのですか？」

バンズ村では、食べ物を粗末にはしなかった。

「アリエルが料理をした時点で、食材は駄目になったのだ。ここの使い方を説明しておくよ」

何と、アルカディアには上水と下水があった。トイレも水洗だし、お風呂もある。

台所の汚れた水も下水に流れるそうだけど、良いのかな？　前世では、なるべく固形物や油は流さないようにと言われていた筈だけど？

「この下水は、どう処理されているのですか？」

オリヴィエ師匠は、不思議な顔をする。

「下水層にスライムを飼っているから、綺麗にしてから川に流すのさ。上水は上流から引いているから、気にしなくて良い」

私とサリーは驚く。

「スライム！　見たことないです」

「スライム！　いたんだ！」

異世界と言えば、スライムなのに見たことがなかったよ。

「ああ、魔の森にはあまりいないからな。魔物が強すぎて、絶滅したのかもしれない。アルカディアのスライムは、人間の住む領域から時々連れてくるのさ。まぁ、何でも食べて増えるから、家を新築する時ぐらいしか連れては来ないけどね」

ほほう！　それは便利そう！　狩人の村はオマルだったからね。深く穴を掘って、スライムを飼えば良いかも？

それと、ポンプを手で押して水を汲《く》み上《あ》げるのも、私達弟子の仕事になった。

「この家には上水槽があるから、それをいっぱいにしておくんだよ。そうすれば、いつでも水を使えるからね」

ガッシャン、ガッシャン！　ポンプで水汲みをするのは、井戸よりは楽だと思う。ただ、水洗トイレやお風呂用の水もあるから、満杯にするのは大変なのかも？

パントリーには、肉と芋とキャベツがあった。

「肉を焼いて、芋とキャベツのスープを作ります」

料理スキルのある私が料理担当！　サリーはお風呂掃除をすることになった。

「お風呂があるのですね」

やっと機嫌を直したアリエル師匠が、自分の弟子のサリーに掃除の仕方や湯の沸かし方を教えている。

「狩人の村にはないのかしら？」

「いえ、桶《おけ》で入るのです」

サリーは、原始的だと思われないように、微妙に違う答えを返す。上手いな！

「ここでは、夏は毎日、冬は二日に一度は入るのよ。あなた達も、綺麗にしなくてはね」

あと、洗濯も私達がするのかな？　と思っていたけど、洗濯樽《だる》があるそうだ。

「小川に洗濯樽があるから、そこに石鹸《せっけん》の削ったのと汚れ物を入れておくのよ。洗ったら、干すのだけど、風の魔法があればすぐに乾くわ」

まぁ、これはサリーの方が上手そう。

キャベツと芋のスープと肉を焼いただけの夕食だったけど、食器は陶器だし、スプーンやナイフやフォークは銀製だった。

「美味《おい》しいわ！」

「美味《うま》いな！」

師匠達に好評で良かったけど、調味料は何が何なのか分からなかったから、塩だけだよ。

「今夜は疲れただろうから、お風呂に入って寝なさい。寝室は三階だよ」

螺旋《らせん》階段を上がると、二階は一階より小さくなり、三階はドアが二つあるだけだった。

「どちらを使っても良いよ」

二つの部屋も同じ大きさだ。ベッド、机、椅子、物入れ、そして窓があった。窓にはガラスがはまっている。

「じゃぁ、私は左にするわ」

サリーが左にするなら、私は右だ。

「サリーは賢いな！　右の部屋は東向きに窓が開いているから、朝日が入る。まぁ、寝坊しなくて良いさ」

サリーは、知らなかったみたい。

「ミク、替えても良いのよ」と言ってくれたけど、朝日を見るのは好きだ。

「こっちで良いよ！」

右の部屋に荷物を置いた。

第七章　弟子生活！

初日は、夕食が終わったらお風呂に入って、サリーと一緒に寝ることになった。

石鹸《せっけん》を使うのは初めてだったから、あまり泡立たないのに驚いた。

「無患子《むくろじ》よりも泡立たないわ」

「きっと二回洗わなきゃいけないのよ。無患子でも汚れていたら、泡立たないわ」

二回目は泡が立ったから、かなり汚れていたのだろう。桶《おけ》で身体《からだ》を洗って三日は経《た》っているからね。

服は一番良い服だから、パンパンと振って、首元や袖ぐりを硬く絞った布で拭いて干しておく。

髪はサリーが風で乾かしてくれた。下着は着替えたよ！

「寝坊したら嫌だから、ミクの部屋で寝ましょう」

初日から朝寝坊で叱られるのは嫌だからね。机の上の蠟燭《ろうそく》の火を消した。

朝、狩人《かりゅうど》の村では空が白みかけたら起きる。

「今日は掃除をしよう！」

木の家《アビエスビラ》は、掃除すればとても住みやすくなりそうなんだ。私達の部屋も師匠達が掃除をした形跡はあるけど、綺麗《きれい》じゃない。

「慌てて掃除をしたみたい。端には埃《ほこり》が溜《た》まっているわ」

布団は新しいのだったけど、ベッドの下にはもうもうと埃が溜まっている。

「師匠達は寝ているかもしれないから、静かにやりましょう」

だって階下から物音がしないんだもの。そっと下に降りて、物置からハタキと箒《ほうき》と塵取《ちりと》り、雑巾を取り出して、掃除をする。

私達の部屋は狭いし、物が少ないから、あっという間に掃除は終わった。

「ミクは台所を掃除して。私は居間を掃除するわ」

先《ま》ずは上からだね。ハタキで棚の上を叩《はた》くと「コホン！　コホン！」埃が舞い落ちた。

「これは駄目だわ！　物を退《ど》けて掃除しなきゃ」

物入れには踏み台もあったから、それを持って来る。

棚の上の使っていない鍋、フライパン、ザルなどを一時的に流しの上に置いて、棚を拭く。そして、フライパンや鍋などを洗って並べていく。

調味料棚は、今は手をつけないでおこう。あまりにもごちゃごちゃだし、捨ててはいけない高価な調味料があったら困るもの。

流しは昨日ゴシゴシ洗ったから綺麗だ。流しの下にも大きな鍋や樽《たる》が置いてある。蜘蛛《くも》の巣があるからこれも一旦退けて、拭き掃除してから洗って戻す。

後は床だ。その前にお湯を沸かす。お湯をバケツに入れて、石鹸を削ったのと混ぜてから、雑布で床を拭く。

石鹸は、昨夜お風呂に入る時に初めて使ったんだ。

「オリヴィエは薬師だから、石鹸も作るのよ！　この良い香りの石鹸は、植物油で作っているの。顔や手や身体を洗うのよ。あちらの灰色のは動物の脂肪で作るから、洗濯や掃除用よ」

アリエル師匠に教えてもらった灰色の石鹸は、少し臭いがするけど、汚れはよく落ちる。黒っぽい床が茶色になった。

「私は朝食を作るわ」

「洗濯をしたいけど、場所が分からないから、後にするわ。水を汲《く》んでおくわ！」

やはり二人で修業すると決めて良かったよ。全部を一人でしていたら、嫌になっちゃったかも？

「芋のガレットとキャベツスープで良いよね？」

小麦は少なかったので、芋とキャベツをメインにする。芋の皮を剝《む》いて細く切る。それに、小麦粉を少し振って、フライパンで焼くだけだ。スープは鶏の骨があったから、それで出汁《だし》を取る。

この間に、手をつけなかった調味料棚の中の瓶と缶を全部出して、一個ずつ確認した。知らない調味料もあったけど、オレガノ、フェンネル、タイムなどの知っている物もあった。棚を綺麗に拭いて、一つずつ拭きながら戻していく。

鶏の出汁にキャベツを刻んで入れて炊いたら、少しだけ塩で味付けをする。

弱火で焼いていた芋が焼けたようなので、大きな皿で蓋をして、フライパンをひっくり返す。上がまだ焼けていない芋のガレットをフライパンに皿からさらりと落とす。

「美味《おい》しそうね！」

サリーが居間の掃除を終えてやって来た。

「お茶は……これは不味《まず》そう！」

お茶の缶が何個も並んでいるけど、普通のミントやカモミールはないのかな？

「これは良い香りよ！」

あっ、これはバラの実だ。

「ローズティーは、高いかも？」

森にも野薔薇《のばら》がたまに咲いていた。その花も乾かせば良い香りだし、実はローズティーになるから、ジミーによく採って来てもらったのだ。

「おや、早いんだね！」

オリヴィエ師匠が降りて来た。白い寝巻きに色鮮やかなガウンを着ている。

「おはようございます」

挨拶しているうちにアリエル師匠も降りて来たけど、まだ半分寝ているみたいだ。

「おはよう……良い香りだわ！　お茶は……」

茶葉を選ぼうとするその手を、オリヴィエ師匠が止めた。

「これからは、ミクとサリーに任せよう。パントリー、調味料棚の物は、どれを使っても良いよ」

なら、ローズティーにしよう！　それに少しだけミントを入れたら、朝に相応《ふさわ》しいお茶になりそう。

「これは美味しいな！　芋がこんなに美味しくなるとは！」

「手のかかる料理を朝から作ったのね。素晴らしいわ」

好評で良かったよ。サリーはナイフとフォークの使い方に苦心しているけど、私は前世でたまに使ったからね。クリスマス会とか、誕生会とかで。

「料理スキルがある者を見たことがなかったが、これは素晴らしいな」

ええっと、薬師の修業をしたいのですが……大丈夫かな？　なんて心配していたが、師匠達は、弟子が来たらどうするかは考えていた。掃除と料理は苦手な二人だけど。

「サリーとミクは、字は読めるし書けると神父さんから聞いているわ。でも、アルカディアの子どもは、十歳まで午前中は学舎《まなびや》に行くことになっているのよ」

あっ、リュミエールが言っていた学舎だ。

「まして、二人は二歳だからね。本当なら親元にいる時期だよ。だが、ここに来たからには、アルカディア方式で勉強も修業もしてもらうよ」

オリヴィエ師匠の言葉で、ドキドキする。下働きは、家でもやっていた程度のことだ。初日の掃除は少し大変だったけど、明日からはざっとで済むだろう。

学舎と修業はどんな感じだろう。厳しいのかな？

「学舎は明日からで良いだろう。だが、確か石板があった筈《はず》だ」

オリヴィエ師匠が薬剤部屋から石板を二つ持って来て、渡してくれた。ちらりと部屋の中が見えたけど、きちんと薬瓶が並んでいた。掃除もしてある。

なぜ、居間と台所と階段とかは掃除できてないのかな？　まぁ、自分の仕事部屋だけは綺麗にしてあるのだから良いか！

アリエル師匠の仕事部屋は……本で埋まっていた。

「アリエル師匠は部屋に入れないから、居間のソファーで寝っ転がって本を読んでいるのね」

サリーはこの師匠で大丈夫かな？　と不安そうだけど、テーブルの上の茶器を寝転んだまま、ソファーのサイドテーブルに移動させているのは、難しそうだ。

魔法の腕は良いと思う。見た目が麗しいだけに、ずぼらさが残念すぎるけどね。

「ほら、ついておいで！　アルカディアの中を案内するよ」

アリエル師匠は、ソファーで本を読んでいる。

「行ってらっしゃい」と手を振るだけで、本を読み続けているよ。サリーは少し不安そうな顔をしている。

木の家のドアを出る時にも膜を感じた。

「ふふふ、空間魔法を習得できたら便利だよ。薬師より、そちらを目指さないかい？　アルカディアでも私しかいないんだ！」

薬師の師匠に空間魔法を勧められているけど、どうなの？

「空間魔法のスキルは持ってないのです」

くくく、と面白そうに笑う。

「スキルなんて、ほんの手助けにしかならないさ。これから行く学舎では、文字や計算、歴史、地理、政治、それとスキルじゃない魔法や戦い方を習うのさ」

「えっ？　どういうことですか？」

サリーは風の魔法使いのスキルだから、不安になったみたい。

「ううんと、サリーはアリエルに風の魔法を習う。学舎では、勉強と一緒に、持ってない他のスキルを習うのさ」

「あっ、遠見とか？」

リュミエールが言っていたやつだ。サリーも頷《うなず》く。

「ああ、あれは初級だね。あそこにある高い塔、若者にはあそこに登って周囲を警戒する当番があるのさ。まぁ、二人は五歳になるまではしなくて良いよ」

「他には？」と訊《たず》ねかけて、口を閉じた。家でも村でも「何？　何故《なぜ》？」と訊ねるのを億劫《おっくう》がられたのだ。

「ミク？　何か質問があったのだろう？　そんな時は、聞けば良いんだよ。私はあんたの師匠なんだからね」

嬉《うれ》しくなった！　だってこの世界に転生してから、まだ二年と四ヶ月なんだもん。知らないことばかり！

「はい！　学舎では他に何を習うのですか？」

オリヴィエ師匠は腕を組んで考える。

「基本的な魔法の使い方と戦い方、生き方だな。特に光の魔法は必須だ。全員が習得できるまで学ぶ。午後からは、各自の師匠から特別な魔法の使い方と戦い方、生き方を学ぶ」

簡単な言葉だけど、それはなかなか難しそうだ。特に私にとって、基本的な戦い方は！　それに、光の魔法が必須だなんて、無理じゃないの？

「あそこが学舎だ！」

木と木の間に板を渡して、小屋が建っていた。

白髪の森の人《エルフ》が出て来て、ベルを『カラン、カラン、カラン！』と鳴らすと、壁の鍵に掛けた。

すると、アルカディアのあちこちから、蔦《つた》の橋や、もっとしっかりした木の橋を元気よく子ども達が走ってやって来る。

これって、前世の登校シーンと似ているけど、木の橋を渡ったりはしなかったね。

明日からこの子達と学舎に通うのだけど、大丈夫かな？　狩人の村でも、戦い方はかなり落ちこぼれだったんだけど。

ザッとアルカディアの中を案内してもらって木の家に戻った。

アリエル師匠は、相変わらず本を読んでいたよ。私とサリーは邪魔にならないように、階段やソファー以外の場所をなるべく静かに掃除した。

これ、森歩きで魔物に気づかれないように、静かに物音を立てないで歩く練習よりもハードモードかもね。

昼食は、朝に作ったキャベツのスープと肉を焼いたのだ。

「アリエル、こういう風に、変なアレンジをしなければ良いのだ」

オリヴィエ師匠の言葉に、アリエル師匠が不満そうに言い返す。

「オリヴィエの健康料理の方が、よっぽど健康に悪そうな不味さだわ」

オリヴィエ師匠は「良薬口に苦しだ！」と笑う。

お皿を片付けたら、薬師の修業かなと思った。

「オリヴィエ、午前中に何処《どこ》と何処を案内したの？」

「ザッと学舎と集会所だけだ。後は、門まで歩いて戻って来た」

「それって、全く案内していないのと同じじゃない！」

文句を言ったアリエル師匠とオリヴィエ師匠に、再度、アルカディアを案内してもらった。

洗濯場で、洗濯樽の使い方も教わったよ。これ、大事だよね。

「この水は、彼方《あっち》の浄化槽でスライムに綺麗にしてもらってから川に流すのよ」

スライムも初めて見た。

「ぐにゃぐにゃなんだね！」

ゲームのスライムみたいに丸くて先っぽがとんがっていると思っていたけど、ゼリーみたいに蕩《とろ》けている。

「なるほど、浄化槽から流れる水は綺麗だわ」

サリーはちゃんと見ているね。私も確認するよ。

そして、厩《うまや》も案内してもらった。神父さんのロバもいたから、後で会いに行きたいな。

「神父さんに会いたいなら、会いに行けば良いさ」

許可してもらったから、集会所に行く。

「おお、ミク、サリー！」

神父さんは、リグワード師匠と話していたけど、私達を見て立ち上がった。

「神父さん！」

後ろにいる師匠達を見て、上手《うま》くいっていると思ったみたい。にっこりと微笑《ほほえ》む。

「二人ともしっかりと修業をするんだよ」

私とサリーは、家族に会ったら元気に頑張っていると伝えてほしいと言って、神父さんと別れる。

まだ修業は始まっていないけど、バンズ村に行くのは多分一年後だろうし、その時は頑張って修業している筈だから、間違いじゃないよね。

集会場を出て、オリヴィエ師匠は「次は何処を案内しようか？」と腕を組む。

「ああ、あそこが物見の塔だよ。登ってみたいかい？」

良いの？　何か大事な施設じゃないのかな？

「登りたいです！」

サリーと同時に叫ぶ。

物見の塔！　ファンタジーっぽいよね。近くに行ったら、とても大きな基礎部分に驚いた。下の基礎部分だけ見ていたら、大きな講堂か倉庫に思えたけど、そこは教会だった。前世でテレビで見たピサの斜塔のような物見の塔。斜めにはなっていないけどさ。

「誰でも登って良いのですか？」

物見の塔と呼ばれているのだ。警戒とかの役目があるんじゃないの？

「こんなの当番じゃなければ、誰も登らないさ」

オリヴィエ師匠は一緒に登ってくれるみたいだけど、アリエル師匠は「パスするわ」と笑っている。

塔の扉を開けたら、中は思ったより暗くなかった。

「階段を登るけど、ついて来れなかったら呼んでくれ」

悪い予感通り、オリヴィエ師匠は螺旋《らせん》階段を凄《すご》いスピードで登っていく。私とサリーはついて行くのに必死だよ。

「オリヴィエ師匠！　待ってください」

途中で息が上がったので、声を掛ける。

「ふむ、まだチビちゃんだから、身体も鍛えないといけないな」

サリーと私は、それよりも魔法や薬師の修業をしたいと思った。

「ははは……先は長いのだ！　先ずは体力と勉強。修業は少しずつしていけば良い」

それは、分かるけど……私の不満そうな顔を見て、オリヴィエ師匠が言う。

「ミク、言いたいことは言ってくれないと分からない」

そうだよね！　さっきも質問があるなら言ってくれと言われたのだ。

「私達が親元を離れてアルカディアに来たのは、薬師になる為《ため》と、風の魔法使いになる為です。勉強もしたいけど……光の魔法とか無理なことに時間を使うのは、無駄な気がして」

ああ、ぐだぐだな説明になった。

「ミクが言いたいのは、学舎に行かせてもらえるのはありがたいけど、早く修業して一人前になりたいということです。それは、私も同じです。アルカディアの子は親元にいるし、他のことを習う余裕もあるのでしょうが、私とミクは違います」

やはり、サリーは話すのが上手い。

「ふむ、ふむ、二人の考えは分かったけど、他のことを習うのが無駄だとは思わない。それはアリエルも同じ考えだと思うよ」

階段を登りながら、オリヴィエ師匠は説明してくれる。

「神父さんに聞いたかどうかは分からないが、人間のほとんどはスキルを持てない。ごく一部の魔法使いや剣士、薬師や鍛治師などのスキル持ちもいるが、皆は努力して習得するのだ」

うん、それは聞いたよ。私達が頷くのを見て、話を続けながら階段を登る。

「サリーは風の魔法、そしてミクは植物育成のスキルを持っている。これらは魔力を使うことができるのだ」

ここまでは分かったかな？　とオリヴィエ師匠は振り向いて、私達に確認する。

「「分かりました」」と返事をすると、ぱふぽふと頭を撫《な》でてくれた。

「魔力を使うスキルのない人間が、光の魔法を習得するのはまず無理だな。頑張って、風や水や火や土の簡単な魔法を少し使えるのが、関の山なのだ」

そうなんだね！　スキルがなくても魔法は使えるようになるんだ。

「驚きました！」

ふふふと、オリヴィエ師匠は笑う。

「ミクは弓のスキル持ちではないけど、弓を射ることはできるだろう？　魔法のスキルを持たない人間も、努力すれば簡単な魔法を使えるようになることもあるんだよ」

ふうん、そうなの？　知らなかったよ。

「でも、私の矢は当たりにくいです。妹のミラは弓のスキル持ちだから、遠くの獲物にも簡単に当たるのに！」

またもぱふぽふと頭を撫でてくれた。

「ミクは弓の練習を何年したのかな？　人間は何年も何年も練習して、弓を使えるようになるんだよ」

そりゃ、二歳だから何年もは練習していないよ。

サリーは少し考えて質問する。

「風の魔法で治療もできると聞きましたが、光の魔法の治療とは違うのですか？」

オリヴィエ師匠は少し考えて答える。

「私より、アリエルに聞いた方が良い質問だね。一般的なことしか言えないけど、風の魔法の治療は怪我《けが》とかによく効くのだ。光の魔法の治療は、怪我も病気も治す。だが、アリエルは風の魔法で病気も治せる。つまり修業が大事だ！　まぁ、アリエルは光の魔法も使えるけどな」

ふうん、それはつまり、私達にもスキル以外の魔法の習得ができるように努力しろと言っているのかな？

「アルカディアの子どもなら、それで良いのでしょうが、私達は狩人の村の子だし、親も魔法使いではありません。だから、魔法はあまり得意ではないのかも……」

先を歩いていたオリヴィエ師匠が立ち止まり、こちらを振り返って私の肩に手を置いた。

「狩人の村の森の人《エルフ》だからと、誰かに何か言われたのかい？　ミクは私の弟子なんだよ」

いつも笑っているオリヴィエ師匠の真剣な顔。少し怖い。

「違います！　ただ事実をミクは言っただけです。ここの子は親がアルカディアにいるし、その親も魔法を使っているのです。私達の親は狩人だから、魔法は使いません」

からからとオリヴィエ師匠は笑う。

「やはり分かっていないね。狩人のスキルがあるからといって、普通の人間は一歳で狩りなんかできないよ。狩人の村の森の人《エルフ》は、生まれた時から魔法で成長し、スキルを使って狩りをする。それのどこが魔法じゃないのかい？　自分の身体が魔力に満たされているのに気づかないなんて！」

サリーと私は、心の底から驚いた。

「人間がゆっくりと成長するのは、エバー村の人間と森の人《エルフ》の夫婦の子が、なかなか歩かないから知っていましたけど、成長が早いのも魔法なんですか？」

私の前世は人間だったから、森の人《エルフ》の成長の早さに特に驚いていたのだ。なのに、こんな基本的なことを知らなかったなんて。

「そうだよ！　赤ちゃんは、生まれた時から身体強化を使って、成長を早めているのさ。ミクやサリーは、今も寝ている時に無意識に成長を早める魔法を使っているのだけど、知らなかったのかい？」

今も毎晩使っているの？　そんなの知らなかったよ！

「だから、ミクもサリーも生まれた時から魔法を使っているし、ご両親も魔法を使っているのさ。ただ、魔法の修業をしていないってだけだ。そして、お前さん達は私達の弟子だから、魔法の修業をしないといけない！　それと身体も鍛えないとね！」

ぐうの音も出ないよ！　あれこれ師匠に文句を言うのは間違いだったね。

「でも、考えていることを言葉にするのは良いことだよ。頭を使う訓練になるし、間違っていたら、それを指摘してもらわないと駄目だからね」

アルカディアの森の人《エルフ》は偉そうだと思っていたから、僻《ひが》み根性だったのかな？

なんて、もやもやした気分は、物見の塔の上からの風景を見たら吹っ飛んだよ。

「わぁ！　すごい！」

こんな高い所からの風景は、スミナ山以来だけど、塔だからより遠くまで見える気がする。

「オリヴィエ様、この子達は？」

物見の塔の当番らしき若い森の人《エルフ》が質問する。

「この子は私の弟子のミク。そして、この子はアリエルの弟子のサリーだ。五歳になったら、物見の塔の当番に加わるよ」

ペコリとお辞儀しておく。

「おチビちゃん達、私はリュミエールの兄弟子なんだ。彼奴《あいつ》が意地悪をしたら、私に言いつけるんだよ。叱ってあげるからね」

どうやらこの若い森の人《エルフ》は、リュミエールの兄弟子みたいだ。

「そういえば、リグワードの弟子だったたな。光の魔法は得意だろう。何か見せてやってくれ」

えっ、当番で見張っているのに良いの？

「良いですよ！　今日は天気も良いから、虹も綺麗に見えるでしょう」

「虹だぁ！」

虹は見たこともあるけど、こんなに大きくてはっきりしたのは、初めてだよ。

「これって光の魔法なのですか？」

サリーは、私より魔法に興味があるね。私は、大きな虹にはしゃいでいたけどさ。

「そうだよ」と若者は少し得意そうだ。この点は、リュミエールに似ている気がするよ。難しい光の魔法使いだからかもね！

「あっちがバンズ村かな？」

サリーが見ている方向を、私も見る。

「あそこがスミナ山だから、多分ね！」

オリヴィエ師匠が私とサリーを抱きしめてくれた。

「私達を親と思って、甘えてくれたら良いんだよ」

ありがたいけど、師匠達の料理は遠慮しておこうと、サリーと笑った。

オリヴィエ師匠は、優しくて良い師匠だと思う。

私は、前世ではお医者さんや薬剤師さんにとてもお世話になった。

元気な身体に生まれ変わり、森の人《エルフ》として色々な可能性があるスキルももらった。

「頑張って立派な薬師になろう！」

生まれ故郷のバンズ村がある方向に掛かる虹を見ながら、二歳の私は決意を固めた。

番外編　雨のち晴れ(未来視点)

今日は雨だ。どうせ外に出られないのだから、同じだと思おうとしたけど、やはり気分が下がる。

「未来《ミク》、ちょっとお買い物に行って来るけど、一人で大丈夫？」

ママが心配そうに声を掛ける。リビングのソファーベッドで横になっていたんだ。

「うん、大丈夫だよ。大人しく本を読んでいるから」

私は産まれた時から心臓に欠陥があり、何回か手術もした。今は、やっと退院して、家で療養している。

「無茶《むちゃ》をしないでね。すぐに帰ってくるから」

ママは凄《すご》く心配性だ。無茶なんかしないよ。小学校に初めて行った時みたいに走ったりなんかはね！

「いつか、元気になって、青空の下を思いっきり走ってみたいな」

ママが買い物に行った後で、ポツリと呟《つぶや》いた。

「こんな天気だから、暗い気分になるんだよ。何か面白いものでも見よう！」

本を読むのは大好きだけど、今日はもっと気分がスカッとするものが見たい。読む体力がないのは、雨のせいだよ。きっとね。パパに買ってもらったタブレット、料理番組や海外の風景やキャンプ動画などを見るのが最近の私の楽しみだ。

「こんな絶景を実際に見てみたいなぁ」

多分南米の滝なんだろう。ジャングルの中、轟轟《ごうごう》と落ちる水！　そしてあちこちに掛かる虹！

「良いなぁ！　旅行に行ってみたいよ」

海外旅行どころか、国内旅行にも行ったことがない。あっ、都会の大学病院に検査に行くとかは、旅行じゃないからね。まぁ、初めて新幹線に乗れたのは嬉《うれ》しかったけどさ。テンションが上がりすぎて熱まで出て、検査だけでなく入院しちゃったんだよね。

あの時のことを反省しながら、ぼうっと滝を眺めていたけど、他の番組に変える。

今日の私は気まぐれな気分なんだ。つまり、滝では気が晴れなかった。雨のせいかもね？

「キャンプかぁ。行ってみたいな」

近頃はキャンプ飯の番組も多い。いつか、ママとパパとキャンプに行ったら、一緒に料理を作りたいと思うけど、こんなに複雑すぎるのはどうかな？　フランス料理とか、キャンプでする必要があるかな？　家とは違う野性味のある料理の方が相応《ふさわ》しい気がするよ。違うキャンプ飯番組に替える。

「芋をアルミフォイルでくるんで、焚《た》き火《び》で焼く！」

そう、そう、こんな感じがキャンプ飯に相応しいと思うよ。美味《おい》しそうだな！

「ミク、あら、本を読んでいると言っていたのに……」

ママが帰って来て、少し呆《あき》れたみたい。タブレットを使うのは一日に二時間だけと決まっている。目に良くないとか色々な理由があるのだろうけど、外で遊べないんだから、もうちょっと甘くしてほしいな。

「ママ、元気になったら、森にキャンプに行って、お芋を焼いて食べたいな！」

「ええ、そうしましょう！」

ママと約束した。病気が良くなったら、ママとパパと森の中を走り回って、一緒に料理して食べるんだ。

「未来、雨が上がったわよ。あら？　虹だわ、見える？」

ソファーベッドの上からも、綺麗《きれい》な虹が見えた。いつかきっと虹の向こうまで走っていきたい。

MFブックス

転生《てんせい》したら、子《こ》どもに厳《きび》しい世界《せかい》でした 1

2024年1月25日　初版第一刷発行

著者　梨香
発行者　山下直久
発行　株式会社KADOKAWA
〒102-8177　東京都千代田区富士見2-13-3
0570-002-301（ナビダイヤル）
印刷・製本　株式会社広済堂ネクスト
ISBN 978-4-04-683165-1 C0093

企画　株式会社フロンティアワークス
担当編集　吉田響介（株式会社フロンティアワークス）
ブックデザイン　鈴木 勉（BELL'S GRAPHICS）
デザインフォーマット　AFTERGLOW
イラスト　朝日アオ

本シリーズは「小説家になろう」（https://syosetu.com/）初出の作品を加筆の上書籍化したものです。

ファンレター、作品のご感想をお待ちしています

宛先
〒102-0071　東京都千代田区富士見 2-13-12
株式会社 KADOKAWA　MFブックス編集部気付
「梨香先生」係「朝日アオ先生」係

二次元コードまたはURLをご利用の上
右記のパスワードを入力してアンケートにご協力ください。

https://kdq.jp/mfb
パスワード
eu4ep

● PC・スマートフォンにも対応しております（一部対応していない機種もございます）。
●アンケートにご協力頂きますと、作者書き下ろしの「こぼれ話」が WEB で読めます。
●サイトにアクセスする際や、登録・メール送信時にかかる通信費はご負担ください。
● 2024 年 1 月時点の情報です。やむを得ない事情により公開を中断・終了する場合があります。